◆◆ 中国文学名家小小说精选丛书

谈判全靠伸指头

陈国凡 著

江西高校出版社

JIANGXI UNIVERSITIES AND COLLEGES PRESS

南 昌

图书在版编目（CIP）数据

谈判全靠伸指头 / 陈国凡著 . -- 南昌：江西高校
出版社 , 2025. 6. -- (中国文学名家小小说精选丛书).
ISBN 978-7-5762-5588-1

Ⅰ . I247.82

中国国家版本馆 CIP 数据核字第 2025QT3598 号

责 任 编 辑　熊　海
装 帧 设 计　夏梓郡

出 版 发 行　江西高校出版社
社　　　址　江西省南昌市新建区工业二路 508 号
邮 政 编 码　330100
总 编 室 电 话　0791-88504319
销 售 电 话　0791-88505090
网　　　址　www.juacp.com
印　　　刷　鸿鹄（唐山）印务有限公司
经　　　销　全国新华书店
开　　　本　650 mm×920 mm　1/16
印　　　张　13
字　　　数　160 千字
版　　　次　2025 年 6 月第 1 版
印　　　次　2025 年 6 月第 1 次印刷
书　　　号　ISBN 978-7-5762-5588-1
定　　　价　58.00 元

赣版权登字 -07-2025-129

CONTENTS
目　录

第一辑

先秦观园

先秦时期，尤其是春秋战国，乃我国历史的大变革时代，中国古代政治体制、经济政策、传统文化，由此奠基。政治家、军事家、思想家、艺术家，各式人物，粉墨登场，煞是热闹。

◀ 芦 衣

    10 岁的闵损，死了娘亲。但很快，闵损就有了后娘。没几年，闵损就多了两个弟弟，是后娘和爹生的。爹高兴，每天合不拢嘴。后娘更高兴，整天围着自己的两个孩子转。

    父亲没黑没白地在地里劳作，后娘在家带孩子，间或也做些纺织之类的女工。天渐冷了，爹见女人备了三个孩子的布料，心里很踏实。谁说后娘只疼自己的亲骨肉？

    一日，闵损因为贪玩，回家有些迟了，后娘阴着脸，责备起来：你这个哥哥怎么当的？一天到晚不着家，把两个弟弟扔在家里，只管自己玩。我又得照顾孩子，又得洗衣烧饭做衣服，你想把老娘累死啊！后娘喋喋不休着。闵损自知理亏，不敢顶嘴，就沉默不语。怎么，还当哑巴了？后娘越发生气了，拿起一根竹条，把闵损摁在地上，使劲地抽打，从头到脚，不放过一处。闵损咬牙挺着，一声不吭。

    打着打着，后娘突然停住了。她是听到闵损的一句话而停止抽打的。

闵损说：娘，我感觉你今天打我没什么劲啊，你是不是病了，娘？

这下，后娘成哑巴了。

冬天来了，天也彻底地冷了，大雪纷飞，寒风刺骨。爹驾着牛车，带着三个孩子去走亲戚。闵损是长子，便在前面拉绳，一则引路，再是可让爹省些力气。一路走来，雪越发下得大了，鹅毛一般，风也越发刮得紧了，刀割一样地疼。闵损冻得瑟瑟发抖。路遇一陡坡，本该拉紧绳子，狠命向前，闵损却将绳子掉落于地。白吃那么多米饭，一点力气都不愿使！爹火了，拿起牛鞭，狠劲地往闵损身上抽，一会儿，闵损的冬衣就破了，一时芦花飞扬。爹傻眼了，这么冷的天，芦衣怎可避寒？爹想起什么了，扒拉那两个小儿子的衣料，尽是丝绵，很厚实。再看，这俩小子面色红润，而闵损呢，手、脸早冻得红彤彤了。

爹呆了。爹立即掉转牛车，往家赶。

爹责问女人，女人无话可说。都说，后娘只知疼爱自己的孩子，没错啊。爹决定休了女人。

闵损急了，跪倒在地，说：母在，一子单，母去，三子寒。留下高堂母，全家得团圆。爹，损儿需要娘！弟弟们也需要娘！爹不要啊！

爹愣住了，后娘也愣住了。

闵损芦衣顺母的故事迅速传遍鲁国。

一看见闵损，大家就说，他就是那个大孝子。认识不认识的，都这么说，都说这句话。

在众人的夸赞中，闵损长大了，遂拜师孔门。孔丘很得意，全国有名的这个大孝子也成了我的学生了呀。孔丘常常在梦中笑醒。

孔丘弄的是开放式教学，允许课堂上自由辩论，甚至争吵。辩论争吵的内容自然很多，无所不包，可几乎没有闵损的份。同学们都说：闵损啊，你是全国有名的大孝子，我们又不谈孝，没你啥事，再说，你是名人，得多担待，你就一边凉快去吧。闵损只好一边凉快去，有时实在太凉快了，就很想参与进来，同学们仍不让，只让他继续凉快。孔老师呢，也是这个意见。闵损就很受伤。好在孔老师是个明白老师，看闵损实在伤得不轻了，就让大家也谈谈孝，顺便谈谈。闵损的伤就有些好转，却始终不能根治——谈孝的时候实在少之又少。闵损也为之提过意见，但孔老师说，孝不是谈出来的，孝是做出来的。闵损就呆立无语了。孔老师还会拍拍闵损的肩，说：你是大孝子，已经做得很好了呀。

闵损只有苦笑，他的心在流血。我不是只懂孝，我也不能只懂孝啊。我早不是那个芦衣顺母的小孩了呀。但没人理他。

终于还是有人理他了。闵损早已名满天下，齐楚等国遣使游说闵损前往为官。闵损觉得头顶那片一直阴暗着的天空，忽然变得异常明亮了。他兴奋极了，第一时间飞奔去找孔丘，他要把这好消息告诉老师。

孔丘听了，面无表情，意味深长地说：子骞啊，你可是名满天下的大孝子啊。岂可离开故土呢？说完，直摇头，除了摇头，再无他话。

子骞是闵损的字。

闵损呆住了，他觉得头顶那片刚刚明亮的天空，顷刻间变得异常昏暗了。

不久，鲁国的当权派季桓子，久慕闵损大名，想聘请他当费邑宰，管理费地。

闵损又开始动心了。

这次，孔丘老师会同意吗？

——《小小说月刊》2015 年 10 期

◀ 刺 客

刺客一身夜行装扮，疾行在通往赵盾府第的路上。刺客眼直盯向前方，面无表情，心如止水。此时，天还未亮。

前日，刺客正赤膊着在小院练武，这是他每日的功课。鲤鱼打挺、鹞子翻身、黑虎掏心……一招一式狠中带劲，虎虎生风，加之刺客响若洪钟的声声喊叫，更平添了气势和威严。蓦地，刺客前冲、弯腰、展臂，嗨的一声，一个硕大的石碾子就被离地抓起，再嗨的一声，石碾子已被举过头顶，随着刺客稳当的脚步，慢慢前移，数十米后，嘭的一声，石碾子应声落地，定眼望去，地面已现一深坑。刺客拍手拂尘，喘气均匀，面色平和，宛若平常。

好，不愧是吾国第一大力士！忽有人于院门外高声叫好。刺客闻声望去，见是宫里的何公公。这何公公来了，必有大事。

果不其然，何公公说大王有事相请。问何事，却说事关重大，面见了大王，才可知晓。

刺客略一迟疑，进屋，换衣，与妻道别，出得院门，就随何公公而去。

行了一程，猛回头，见妻正倚门翘首。刺客心一酸，挥手道："回屋吧，天冷，放心，我会尽快归来。照顾好咱们的安儿！"

前面一宅院，门顶的匾额上刻有赵府二字。拿出地图，细细核对，没错，这就是赵府。可刺客又有些不信，看这宅院，围墙斑驳、院落狭仄，更不见门口有惯常的威严石狮赫立两旁。这宅院，毫无一般卿大夫府邸的凛凛威严、皇皇气势啊。仅有门口的那棵大槐树根深干粗、枝繁叶茂，似见证着赵家的荣耀。要知道，这赵盾可是晋国当今的佐政大夫、先王的遗命大臣，权倾朝野。

刺客放慢脚步，手握弯刀，前顾后盼，谨慎地往院墙移步前行。

此时，天刚放亮。四周寂静无声，不见人影。

刺客忽地一个旱地拔葱，窜上围墙，然后蜻蜓点水般地落地，悄无声息。四顾无人，便一步步地摸向赵盾的卧室。晋灵公提供的地图详细、分明地标识了赵盾宅院的每一间屋子、每一个角落。寻找目标不费吹灰之力，行刺之前必需的摸底工作还真做得值当。

再转个弯，就是赵盾的卧室了。身经百战的刺客有些兴奋，还有些紧张，握刀的手也有一丝颤抖。真是怪哉。杀人无数，从来都是一刀见血，杀人于无形。这姓赵的乃一介文臣，杀之更是手到擒来。今儿个这是怎么了？真有辱我晋国第一刺客之美名，羞煞我也！

刺客就狠狠地握紧了手中弯刀，倚墙，躬身前行。

忽闻有声。刺客小心地探出头，望。见赵盾卧室的门槛上，一人正襟危坐，口中念念有词。刺客取出画像，比对，那人正是赵盾。

再细看，见赵盾穿着朝服，朝服扯得笔挺，一尘不染。再细听，赵盾正说着："为君者当励精图治、节用爱民，大王啊，你岂可贪图享乐、残虐不仁！想我晋国当年，也曾称霸诸侯，威慑四方。可如今朝政废弛、小人遍布，有乱国之相啊。大王，你可知晓。楚国正虎视眈眈，不可不防啊，如今我年事已高，怕……"说着，赵盾潸然泪下。"为臣劝谏不力，都是为臣的过错啊。"赵盾悲伤得不能自已。

怎么会是这样？！刺客惊呆了。大王竟命我刺杀如此忠信仁义之人！这是为何？刺客心里翻江倒海。就是这把刀，曾带给我多少荣光，因此家境殷实，妻喜儿乐。可……可如此说来，先前我是冤杀了多少好人，使其成为孤魂野鬼，如今，他们该向谁申冤哪！我真配不上我的名号啊！

刺客手中的圆月弯刀，正散发着冷冷的刀光，令人战栗心寒。

刺客泪眼蒙眬，反身而退。

刺客来到槐树下，弃刀，面朝家乡，说道："爱妻，安儿，多保重！原谅我不能再回来与你们团聚了。"又面向朝堂，凛凛正色道："大王，你若再为君不君，我做鬼也不会放过你！"最后转身，面对赵盾卧室，脸色凝重，道："赵大人，晋国全靠你了。我这就去也！"说罢，刺客猛地撞向大槐树，伟岸身躯轰然倒地。

此刻，刺客的妻子正怀抱襁褓中的安儿，立在村口，翘首以待。

未几，晋灵公得到密报。

晋灵公露出了久违的笑容，那笑容很有内容。依他想来，不管怎样，赵盾都难免一死。要么被刺客杀，要么因杀刺客而获死罪，乃万无一失之计。这个赵盾，多次当众为难于他，晋灵公早恨之入骨，欲置之死地而后快了。

很快，大批禁军洪水般地包围了赵宅。给赵盾的罪名是，一向为臣不臣，今又杀人，人证物证俱在。

赵盾却最终安然无事——刺客自杀前用那弯刀在树身上刻了字：我系自杀，不关赵大人事。鉏麑。

对，刺客名叫鉏麑。

史书上有关他的文字一鳞半爪。

——《幽默与笑话》2013年7期、《百家讲坛》2015年7期（蓝版）、《小小说大世界》2016年2期、《领导文萃》2016年11月转载、《小小说月刊》2016年5期（上）转载、《南方农村报》2014年8月2日转载、《小小说选刊》2016年12期转载、《微型小说选刊》2016年13期转载、入选《2016年中国小小说精选》、《2016中国年度小小说》（漓江出版社）

◀ 好　玩

　　蔡姬坐在马车里，一路颠簸，一路啼哭。她是被齐桓公休了，像退货一样给退回了蔡国。当初，确是蔡穆侯强行把蔡姬许给齐桓公的。蔡姬是穆侯的妹妹，年轻美丽，风华绝代。

　　我只好安慰蔡姬，我的王后。说起来，蔡姬被休的原因很简单，史书有载，见前文。后人只知这段文字的表面，其实，它背后有隐情，事到如今，但说无妨。那其实是因我的一个主意而起的。

　　蔡姬远嫁齐国，其实并不开心。这只是一桩政治婚姻，蔡穆侯为巴结强大的齐国，生生地牺牲了妹妹的幸福。蔡姬早有青梅竹马的心上人，如今却成他人妇。那个小白，名字老土，年纪老大，工作老忙，生活老闷。在齐国的这一年，蔡姬貌似光鲜的王后生活，其实了无情趣，如一潭死水。看着眉头紧锁，日渐憔悴的蔡姬，我心里难受极了。我打小侍奉蔡姬，彼此感情笃厚。原先的她活泼开朗，爱玩爱闹，人到哪儿，哪儿就是欢声笑语。不能再这样继续下去了，我左思右想，就给蔡姬出了个主意，我要让她回归原来的她。快乐最重要，不是吗？

那日，齐侯总算肯出来游玩了。两岸杨柳依依，四面青山环绕，天高云淡，鱼翔浅底，泛舟湖上，齐侯一时心情大好。我给蔡姬使了个眼色，她就闹开了。蔡姬拍打着水面，又把水捞起，泼向齐侯，边泼边笑，银铃般的笑声在湖面上荡漾，鸟儿也给吸引了来，在小舟左右翻飞。齐侯露出了久违的笑容，也拍水捞水泼水的，回敬蔡姬。蔡姬受了鼓励，闹得更欢了，索性站起，把小舟摇晃得一起一伏。蔡姬咯咯笑着，开心极了。这才是我们的蔡姬啊。

我们这帮丫鬟、家仆，受到感染，也互相泼起水来。场面更欢，更闹了。

齐侯却白着脸，双手紧抓住船帮，大声喊叫着：别闹了，别闹了，船要翻了！他许是吓坏了。蔡姬正在兴头上，哪里听得进去，还把船晃悠得更厉害了。真好玩，真好玩！蔡姬兴奋极了，大呼小叫着，像一个孩子。

好玩个屁！这成何体统！回去我就休了你！齐侯一声断喝，青筋暴起。齐侯是真怒了。

蔡姬吓坏了，停止了玩闹，脸色煞白。

我们也吓坏了，停止了玩闹，脸色煞白。

齐侯阴沉着脸，船一上岸，就一声不吭地走了。没想他玩真的，当真把蔡姬给休了。

怎么会这样？没想玩大了。现在想明白了，跟老头不能这么玩，这么玩，会让人觉得他老不中用了。作为一国之君，各国盟主，他哪能受得了这个！我们是犯了大人物的大忌讳了。

我劝说蔡姬道：被休也好，你与那个小白本无感情，如今得以回国，不定能和心上人喜结良缘呢。蔡姬终于破涕为笑。

可事情远没我们想得这么简单，事情越玩越大。史书有载：

蔡亦怒，嫁其女。桓公闻而怒，兴师往伐。——《史记》

蔡穆侯见自己妹妹只因玩水晃船就被休，大怒：我妹妹青春无敌，倾国倾城，还怕嫁不出去！马上嫁给你看看，就气死你！我们才不想在你这棵老树上吊死呢。

很快，还没来得及和心上人见上一面，蔡姬又被嫁给了楚成王。蔡姬坐在马车里，又是一路颠簸，一路啼哭。这下，我也不知该如何劝慰了。看来，跟男人，尤其跟有地位的男人，还真不好玩。

听闻后，齐侯大怒，亲率齐、曹、许、鲁、陈、卫、郑、宋等八国联军浩浩荡荡，向楚国开拔。当然，齐侯是"师出有名"的，说楚国目无尊长，一向不尊重周王。他哪好意思说，你楚国目中无人，我刚休了的女人，你就来抢，还没经我的同意呢，太可气了！是可忍，孰不可忍！

战争打得怎样，我们不太清楚，只听说，双方主要是打了一场口水仗，并没真正动武。后，齐侯返程，顺路经过蔡国，把蔡穆侯好好骂了一顿，又打了一顿，之后，满意地班师回朝去了。

齐侯还真不要蔡姬了。

可怜我的蔡姬，在楚国也一直不得快乐，郁郁寡欢，终其一生。

好在历史上留下了她的名字，她的美貌，她的淘气。还有，她差点改变了历史。或者说，她曾经改变了一段历史。

当然，像我等丫鬟角色，是不可能留名青史的。浩繁芜杂的历史卷帙中，何尝留下过咱普通百姓的身影呢?

史书如此记载——

齐侯与蔡姬乘舟于囿，荡公。公惧，变色，禁之，不可。公怒，归之。——《左传》

◀ 驱　赶

....

你走吧，不用再回来了！从此你我不再是夫妻！吴起怒道，态度坚决。妻子含泪离去。

吴起叫妻子编织一条腰带，要求和先前的一样。妻子想以前的那条太旧了，就加了些好看的花纹，以为能讨丈夫的欢心，没想换来的却是被休的结局。

你走吧。你我不再是师生关系，今后，你也不要在世人面前说，你曾是我的学生，我丢不起这人！曾申恼怒地对吴起说道。吴起见不可挽回，便弃儒学兵，投奔鲁国的当权派季孙氏去了。

原来，吴起母亲病逝，他却以学业未成为由，不肯回家奔丧。是可忍孰不可忍！何况这是在鲁国，孔圣人的老家，且这曾申也大有来头，其父就是那个大名鼎鼎的孔子弟子曾参。其实当初收徒时，曾申就有所顾虑。吴起暴虐，曾经杀害30多个乡邻，原因仅仅是他们讥笑吴起官迷心窍，白白耗尽家产，却求官不成。但曾申转念一想，人非圣贤，孰能无过？他坚信通过教化，吴起能"过而能改"，这岂不是"善莫大焉"？没想这吴起，如此冥顽不化。

不久，齐国攻打鲁国。先前，吴起经常有事没事跟鲁穆公套近乎，高谈阔论他的军事思想。如今大敌当前，却无良将。鲁穆公就想到了吴起，却颇为踌躇，一则吴起从未带过兵，二则吴起乃卫国人，而其妻正是齐国人。不服者甚众。

此时，吴起求见。

礼毕，吴起把手中的布包往前一扔，但见一血迹斑斑的人头滚落地上。众人大骇，正是吴起妻子田姬的人头！鲁穆公遂命吴起为将。

吴起大败齐国，得胜回朝。鲁穆公大喜，欲给吴起加官晋爵。左右劝道：大王三思啊。此人斩杀乡邻，是为不仁；杀妻求将，是为不义；母丧不归，是为不孝。如此不仁不义不孝之徒，大王再用之，岂不遭世人耻笑？吴起因此被黜，不久，季孙氏被杀，吴起只好离开鲁国，前往魏国。

在李悝的推荐下，魏文侯任命吴起为将军，练兵。吴起与士兵同甘共苦，毫无架子，深受士兵爱戴。有个士兵生了恶性毒疮，吴起不嫌脏，不怕臭，替他吸吮脓液。士兵的母亲听说后，却放声大哭。众人大为不解。母亲回答说：当年吴将军替我丈夫吸吮毒疮，他就在战场上勇往直前，直至战死。如今吴将军又替我儿子吸吮毒疮，他肯定又会在战场上拼命死战。我已失去丈夫，又将失去儿子，你说，除了哭，我还能做什么呢。众人唏嘘不已。吴起知此事后，面色难看极了。

吴起战功赫赫，攻城略地，连败秦军，逼得秦国退守洛河，修筑工事，不敢出战。吴起一时威望极高。魏文侯死后，武侯继位，拜田文为相，不用吴起。吴起甚为失落，亲信道出实情：大王年轻，大臣不亲附，百姓不信任，正需品端德正之人哪。是女人让您背负骂名，都是女人害了你啊。吴起面色凝重，半晌无语。

好在军事上，魏武侯仍重用吴起。许诺将新国相公叔那年轻漂亮的女儿嫁于吴起，还亲自为他们安排了见面的晚宴。吴起甚为感动，欣然赴宴。宴会上，却见那姑娘举止轻佻，吴起心中大为不快，众目睽睽之下，中途离席。没想到，自己的美意被吴起无端拂逆，魏武侯大怒，以为吴起是担心和公主结婚，会被缚住手脚，不得离开魏国。原来他是嫌我魏国国小力弱，让他屈才啊。从此冷落吴起。

其实，吴起和魏武侯都被公叔骗了。这公叔，一向妒忌吴起之才，故而设了此离间计。晚宴上，姑娘对某将军频抛媚眼，动作轻浮，也是故意的，目的就是让吴起反感她，故而拒绝这门婚事，从而得罪魏武侯。

都是女人害了你啊。想起亲信的话，吴起长叹不已。

对母亲都这样，真不知以后你会对其他女人做出怎样的伤害之事来。又想起当初母丧不归，曾申临别前的严厉指责，再想想晚宴后，自己被弃用，吴起心中忿然：这哪是我害女人，分明是女人害我嘛。不是她们的驱赶，我哪会一次次背井离乡，远离故土？

愤愤不平的表情堆满了吴起的脸庞。

此处不留爷，自有留爷处。吴起遂奔赴楚国去了。很快，在楚悼王的支持下，开始了那场让吴起留名青史的变法。

——《小小说大世界》2016 年第 7 期

◀ 生　死
....

伍家遭楚平王迫害，伍子胥只身逃离楚国，奔往吴国。昭关是必经之路。

没想关前关后都贴满了悬赏捉拿伍子胥的画像。伍子胥一时不知如何脱身。好在吉人自有天相，当地有个叫东皋的人把伍子胥接入家中，日日款待，却只字不提出关之事。每每问起，只说不急不急。伍子胥心急如焚，怕夜长梦多啊。

当初，楚平王放出话来，说只要伍奢两儿子不走，即可饶其不死。伍尚意欲前往，伍子胥苦劝道：哥哥你好糊涂啊。你我若去，必是三人皆死，则伍家无后，此仇谁报？伍尚不为所动：我是哥哥，我必去，你逃吧，咱伍家的大仇只能由你日后来报了。

可现在，自己小命尚且不知能否保全，谈何报仇啊。愁肠百结的伍子胥躺在床上辗转反侧，无法入睡。东皋来叫伍子胥起床吃早饭，一惊，又一喜。原来伍子胥竟一夜之间，须发皆白。伍子胥半晌无语。东皋心说：等的就是这个效果。经一番装扮，伍子胥完全像换了一人，在东皋的护送下，终于安全出关。二人互道珍重，就此别过。

为躲避楚军追捕，伍子胥只敢沿小路走，随带的干粮早吃光了，饥肠辘辘，浑身乏力。恰此时，前方走来一姑娘，手提篮子，篮中恰有饭食。顾不得了，伍子胥躬身上前，讨吃。姑娘看了看他，就答应了。看着伍子胥狼吞虎咽的样子，姑娘忍不住，笑了，宛若桃花，甚是美丽。伍子胥吃完，谢过姑娘，转身离去。走了许久，又返身回来，叮嘱姑娘道：我经过此地之事，姑娘切莫告诉任何人，就是你父母也不要告诉！姑娘点头应允。伍子胥松了口气，又盯着姑娘的脸，问道：姑娘有男朋友了吗？姑娘闻言，脸上泛出一抹红晕来，越发迷人。姑娘娇羞道：有啊。伍子胥眉头一紧，正色道：男朋友也不能告诉！先生咋这么不相信人呢！姑娘心生不快，可终究还是点了头。伍子胥满意而去，没走多远，忽听扑通一声，有人落水了。伍子胥回头，正是那姑娘抱石投河，就心急火燎地奔去。却不会水性，河宽水急，四下无人，伍子胥只有在河岸上干着急的份，眼睁睁地看着姑娘沉入水底。

没想因自己一时言语不慎，害了姑娘性命，伍子胥一阵自责，但转念一想，她这一死，也就再无人知道所经之路了，不由得加快了脚步。

忽见前面一条大河挡住去路，远处隐约传来楚军的追杀声，伍子胥稍微宽松的心又紧了。此时，有一小船飞速划来，老艄公大声招呼伍子胥上船。伍子胥大喜，来不及细想，就上了船。船稳稳地往芦苇荡而去，一时安全了。伍子胥忍不住问老艄公：你我素昧平生，你为何救我？老艄公道：我可认得你，你是伍子胥。伍子胥惊得站立起来：你这是要带我去哪里？老艄公呵呵笑道：先生莫怕，我是来帮你的。我看到过楚王通缉你的画像，猜你必会从此经过，老夫已在此等候多时了。谁不知楚国伍家忠信仁义之名啊。

上了河岸，伍子胥拜谢。却又觉得心有一石头，未全落地，就立在原地，迈不开步了。老艄公见伍子胥心中有事，就让但说无妨。伍子胥受了鼓励，说：我经过此地之事，老先生只可烂在肚里，切莫告诉任何人，包括你的家人、村人、亲戚、朋友老先生闻言，脸上阴云密布。伍子胥忙卸下腰间家传宝剑，赠予老艄公，求他务必保密。老艄公长叹一声，摇头道：我救你，只为伍家乃忠良之家。先生非但不放心，还用财利来羞辱我！老夫只想问一句，我家姑娘的那饭菜好吃否？说罢，老艄公返身登船，纵身一跃，跳入河中，顷刻间，就被滔滔河水淹没了。

没想无端害了人家父女性命，他们可是自己的救命恩人哪！伍子胥泪花闪闪，羞愧不已，对着河的方向，拜了三拜。日后若有机会，定当报答！

后，伍子胥辅佐吴王阖闾成就霸业。伍子胥一直没忘家仇，攻破楚都郢后，时楚平王已死，伍子胥"乃掘其墓，出其尸，鞭之三百"。真是便宜了这老贼了！伍子胥仍不解恨。

当然，伍子胥没忘老艄公父女的救命之恩，亲自前往当年之地，掷千金于父女俩投河之处，并在河岸修了并排的二座坟茔，厚葬了老艄公父女。

可世事难料，吴越大战，吴王阖闾中箭伤趾，不久死去。夫差继位后，报父仇，大败越王勾践，却不理伍子胥对勾践斩草除根的忠告，偏听伯嚭谗言，放虎归山。很快，伍子胥被诬谋反。夫差赠剑令伍子胥自尽。

生死无常啊，伍子胥仰天长叹，自刎而死。死前，交代一事，在他死后，要家人挖出其眼，挂在城门上，他要亲眼看到越国怎么灭的吴国。

史传，吴国灭，夫差自刎前，特意蒙住了眼睛。他怕极了在阴间和伍子胥相遇，实在是没脸见人哪。

——《金华文艺》2017年第2期

◀ 羊　肉

真是气死我了！羊斟气呼呼地走出营帐。

郑国攻打宋国，宋国的兵马大元帅华元，率军前往抵御。两军在大棘一带安营扎寨，形成对峙之势。

羊斟正是华元的御手，用今天的话说，是大领导的保镖兼司机。只是那时的御手地位卑微，远没今天的司机受领导器重。这也是文章第一句中，羊斟为何生气的缘由所在。

事情是这样的。

华元很希望拿下这一仗，既可张扬国威，又可彰显本事。打仗，士气很重要。鼓舞士气，务虚务实，皆可。务虚，无非是精神鼓舞，战前动员，就是说些男子汉大丈夫当报效国家，血洒疆场之类的大话套话；务实，最好的就是物质奖励，战前吃饱喝好，战后论功行赏。华元走的是务实之路。这不，仗还没开打呢，华元就已传令下去，会好好犒劳将士，人人饱餐一顿。军需官大喜，立马屁颠屁颠地准备去了。

当日晚餐，宋军营帐中的羊肉盛宴开席了。人欢马叫，羊肉飘香，宋军众将士吃着鲜羊肉，啃着羊骨头，喝着羊肉汤，大快朵颐，好不快活。羊肉的香气还随风飘到了对面郑军的营帐中，馋得郑军众将士口水直流。有几位实在熬不住了，竟溜到宋军的阵地来，甘愿改变军籍，做宋国的士兵。郑军将领奈何不得，想在伙食方面赶上对方，实不可能，就觉得这仗还没开打，己方就已经先败了一阵。

只是华元犯了迷糊，羊肉宴全军人人一份，唯独少了御手羊斟。羊斟见战友们吃得个个满嘴流油，人人红光满面，自己却只有看的份，口水都不知吞咽了多少遍，实在气不过，就直闯华元的营帐，询问究竟。

华元刚吃饱喝足，正拿牙签剔牙呢。见羊斟事先没请示，就直闯而入，有些不快，听明情况后，华元乜了羊斟一眼，不屑道：你只不过是我的御手，你驾好我的战车就行了。我怕你吃了羊肉，意犹未尽，明天作战御车时还想着今晚的羊肉宴呢。所以……

羊斟争辩道：吃了羊肉宴，我的御车技术只会更好。将军尽管放心！再说，全军人人有份，唯独我没有，没道理啊。

华元早已不耐烦了，道：我看你才没道理。你都姓了一辈子羊了，少吃一顿又何妨！说着，摆摆手，示意羊斟出去。

羊斟就气呼呼地出了营帐，牙齿发出了咯咯的声响。

翌日，两军对垒，战斗即将开始。照例，华元立于战车，列于军前，威风凛凛，他要慷慨激昂地发表战前动员，以鼓士气，壮军威，争取一鼓作气，打败郑军。

众将士们，大敌当前……华元刚张开嘴巴，就被"驾驾驾"的御车声淹没了。这声音太熟悉了，正是御手羊斟驭马的声音，也就是统帅的战车启动，军队冲锋的号令声。

现在，战车业已启动，正向对方阵营而去！

华元急了，怎么回事，我才刚开始作战前动员，更没发出军队冲锋的号令呢。

大元帅怎么糊涂了，冲锋的号令都没发出，就身先士卒，自个儿冲锋陷阵去了？宋军众将士也一时云里雾里，不知该如何动作。其实，迷糊的还有郑军众将士，这也是他们从没见过的阵势哩。

华元战车的速度越来越快，卷起阵阵尘土，飞奔向前，离郑军的军营越来越近了。

华元终于明白，羊斟这家伙是要把自己送给郑军做俘虏啊。华元这才想起昨晚那事，真是追悔莫及，晓得也给羊斟一碗羊肉吃了，不，该给他两大碗！可这姓羊的，也忒不是东西了，怎可以以其私憾，败国殄民呢。打死我也想不到，他会来这一手啊！

华元责问羊斟为何如此。羊斟冷笑道：昨晚分羊肉，是你做主；今天打仗，由我做主！

华元拼命想喝住战马，停止前进，可战马哪听他的呀。在它眼里，羊斟才是其主。

顷刻间，战车已入郑营。郑军总算醒悟过来，嘻嘻哈哈地一拥而上，拽下二人，严严实实地捆了。郑军元帅大笑不止，没想啥也没干，就抓了宋军前线的最高指挥官。

再说宋军众将士，皆目瞪口呆，见大元帅已成俘虏，这仗还没开打，己方就已败了，遂刀枪一扔，四散溃逃。郑军趁势掩杀过来，宋军大败。

战后，宋国提出送郑国若干战马、兵器，以换回华元。郑国见此役确是胜之不武，就应允了。华元总算捡回一条性命，但如此窝囊了一回，在军中再无出头之日。

再寻那羊斟，早已不知去向。

——《小小说月刊》2015 年 11 期、《小小说选刊》2015 年 13 期转载、入选《2015 年中国年度小小说》《中国文化元素阅读丛书·传奇》一书

第二辑

秦汉遗梦

　　秦汉是我国第一个大一统时期，出过不少英雄人物，帝王将相是其主角，成王败寇，或耀眼，或悲壮，其人生舞台远非常人可比，洒脱的外表掩藏着忧郁，光鲜的背后满是血泪。

◆ 背 叛

要我去攻打秦军，休想，我得好好谋划自己的地盘了。武臣将陈胜的命令书扔至一边，转而命令手下将佐韩广经略燕地，李良攻伐常山。二人不敢违抗，领命而去。

当初，武臣奉命攻占原赵国地界后，就不可一世起来，自立为赵王，搞了个独立王国。时农民军刚败于章邯，陈胜势单力薄，虽心里痛恨得要死，也只好先违心地承认这个赵王，还像模像样地发函恭贺。但要求武臣速速攻打秦军，以解农民军燃眉之急。没想，武臣再次背叛，自个儿创业了。怎奈"天高皇帝远"，陈胜奈何不得。

原来当王这么容易，为王的滋味这么爽。武臣好不得意。

再说韩广。

韩广一路攻城拔寨，很快占领燕地，站稳脚跟。韩广不禁内心膨胀起来，忽而想起了自己的上级武臣，我何不学他，自立为王呢？给人打工哪有自己当老板快活。如今自己兵强马壮，四方称臣，料他也不敢说半个不字。说干就干。先是命文笔秘书修书一封"民意信"给武臣，说他自己本不想称王，但是燕地的官员不答应，军中的将士不答应，燕地的百姓更不答应。民意难违啊，只好暂称燕王了。实际上，他已在大张旗鼓地筹备称王典礼了。

武臣气炸了肺，把那"民意信"撕得稀巴烂。奶奶的，全抄袭老子那一套，自个称王倒也罢了，连这修书的形式、语气、内容都跟我当年给陈胜的如出一辙，真是岂有此理！武臣遂下令攻打韩广。武臣还玩了个"御驾亲征"。

没想到，仗刚开打，赵军就败了，武臣本人还做了燕军的俘虏。

赵王来得正是时候啊。韩广亲自为武臣解了绳索，并邀请武臣赏脸参加不日将举行的称王大典。

你还不如杀了我呢！武臣心说，嘴上却答应了。还好老子棋高一着，把你的老娘扣在了邯郸。

三日后，韩广的称王大典如期举行。锣鼓喧天，鞭炮齐鸣，前来恭贺者甚众，场面隆重热烈。武臣看花了眼，只恨当初考虑不周，自己没搞称王大典，真乃人生一大缺憾呀。怎么就没一人想到呢！白养了那么多没用的蠢货！武臣就在心里恨恨地责怨起手下来了。对，回去补办！一定要超过姓韩这小子！

大王，你怎么真放他回去了，这不是放虎归山吗？再说，大王的母亲不是已经回来了吗？手下很是不解。

人得讲诚信，说好他还我娘，我放他人。莫要抬举他，他充其量也就一只狼而已，好对付，他帐下的张耳陈余却非等闲之辈，若杀了武臣，等于给了他们讨伐我们的借口。我们现在的力量还不足以抗衡。韩广如是解释。

自会有人收拾他。韩广又说。

再说那个李良。

榜样的力量是无穷的。攻下常山的李良，早有了如意算盘。他假装执行武臣令他攻打太原、扩大战果的命令，做出军队开拔、奋勇向前之势。当夜，李良杀了个回马枪，亲率精兵，攻入邯郸，把武臣给斩了。据闻，睡梦中的武臣被惊醒，声泪俱下地恳请李良等他举行完称王大典后，再杀不迟。李良哪里肯依。

有必要交代一下，韩广最后也是被手下所杀。

原因是，韩广不服自己的手下臧荼被项羽封为燕王，自己仅为辽东王。

你看手下不顺眼，手下还看你不顺眼呢。

◀ 仓　鼠

李斯一生的命运和老鼠相关。

在李斯还没发迹的时候，一日，他蹲在老屋的茅厕里拉屎，蹲坑很大，大便落坑，时间长，声音大，正在偷屎吃的老鼠们都给吓跑了。李斯叹道，老鼠啊，你们胆子太小了，我是来给你们送吃的，你们咋都跑了呢？后来李斯做了仓库文书，见粮仓里的老鼠又肥又大，经常偷吃大米，还唧唧吱吱的，弄出很大的声音。李斯跺脚哇哇地喊了好几声，那些老鼠非但不跑，还拿贼眉鼠眼对着李斯挤眉弄眼，仿佛在说，大米味道好极了，你也来吃吧！李斯看呆了，幡然醒悟，做人亦当如仓鼠。

翌日，李斯就告别老家，出远门去了。很快拜在大儒荀子门下，孜孜以求，饱学诗文。

没多久，李斯提出要离开师门，远赴秦国。荀子挽留道，还没到你出师的时候。这点，你不如韩非啊。李斯只道了句"扬名立万，时不我待"，就决绝地走了，未曾再回头。荀子直摇头。

到得秦国，李斯施展全身本事，为秦王嬴政出谋划策。上《谏逐客书》，留人才，辅商鞅，位居廷尉，名列九卿。策定六国，统度量衡，使车同轨，书同文，又谏焚书，抓思想，一统江山。此时的李斯已是大秦丞相，一人之下，万人之上，臣民共仰。李斯想起了仓库里的大老鼠，他觉得自己就是那只最大最肥的仓鼠。李斯笑了，笑得很开心，笑得很深沉。开心的李斯睡眠质量很好，每天睡到自然醒，嘴角还常挂微笑。

但很快，李斯好梦不再，他发现，原来仓库里的大老鼠很多啊。韩非就是。这个可恶的同学，讲话都结结巴巴，皇上咋这么喜欢他呢。

李斯日日茶饭不思，如坐针毡。

其时百姓已反，四方云集，势成燎原。秦始皇惊问李斯天下何故如此？李斯答道，乃一人所为。问，谁？答：韩非。始皇一愣，韩非乃你同门，其人如何？李斯答道，乃小人也，假皇上之威而成其名。韩非乃韩王同族，爱韩不爱秦，逼百姓揭竿而起者，韩非也。此人有才，不能留！不几日，韩非获罪下狱。再几日，韩非被逼服毒自尽。李斯捻着有些花白的胡须，笑了，笑得很开心，笑得很深沉。

但一事，让李斯笑不出来了，还被吓出一身冷汗。

那天，秦始皇闲着没事，坐在行宫楼顶欣赏沿街的风景。忽然，只见街上尘土飞扬，旌旗遮天，一队车马浩浩荡荡飞驰而来，好不威风。百姓纷纷避让，甚至有人跪于街边。秦始皇惊问左右，谁敢若此？下人说，没事，是李丞相出门办事。秦始皇更惊诧了，你们没下去就知道是他？都知道啊。下人答道。秦始皇狠狠地敏了敏眉头，我就在这儿等着，看你明天的好戏。没想第二天，李斯的车马只有寥寥无几，且偃旗息鼓，悄无声息地往街边溜。下人说，李丞相不过如此也。秦始皇却更惊了，他环顾左右，难道朕身边有他的人？好你个李斯！

翌日朝上，始皇刚想对李斯发作，但见李斯绑了个下人来。

待把李斯这下人腰斩后，始皇才松了口气。不过是丞相的下人过于张扬，是朕之左右不了解情况，看错了眼，冤枉了丞相。

此后，李斯再也不敢大张旗鼓地进出了，家人下人更是如此。虽始皇对李斯态度有所变化，但因一门心思追求长生不老之药，这事终究算过去了。

吓得不轻的李斯终于大松了口气。看来仓库里的大老鼠也不好当啊。

始皇既死，李斯的这口气才算完全松了。

可此气才松，让李斯紧气的人和事紧接着就又来临了。

李斯的大儿子李由被宦官赵高诬陷跟义军有染，图谋不轨。李斯为保自身，伙同赵高假传始皇遗诏，辅胡亥篡位，接着伙同诛杀扶苏与蒙恬，成为帮凶。看着赵高的步步得势，二世对自己的日日疏远乃至不满，每每想到此，李斯就痛心疾首，他知道比他更肥大的这只仓鼠迟早会吃了他。

不幸言中，李斯被赵高以谋反罪逮捕下狱。狱中，李斯用他那独步天下的篆体上书秦二世，以求一线生机。上书却被赵高截留。李斯得知赵高差人到三川查办大儿子李由，大骇，半晌无语。

得知李由已被项梁所杀，李斯竟笑了。

公元前 208 年 7 月，72 岁的李斯被判死刑，"具斯五刑，论腰斩咸阳市。"这是赵高的指示，对李斯"五刑"和"腰斩"两刑并用。行刑前，刽子手颇费思量。若先行五刑，碎了尸便无法腰斩了；若先行腰斩，砍成两段，劓鼻，割舌，剁肢，笞杀都失去了意义。犹豫了一阵后，极度聪明的刽子手终于想出了两全其美之策：先劓鼻，割舌，剁肢，笞杀之时，同步腰斩，最后再慢慢碎尸。

刑前，李斯神态安详，他想起了老家老屋的茅厕里偷屎吃的厕鼠。这是他离家后的第一次想起，也是最后一次。

监斩的赵高对李斯说："你不要恨我，要恨你就恨仓库里的大老鼠吧。"

仓鼠，你也知道？！李斯大惊失色，此时行刑刀拦腰砍至。

李斯死不瞑目！

——《浙江小小说》2017 年第 4 期、《小小说月刊》2019 年 3 月上、《微型小说选刊》2019 年第 15 期转载

◀ 解　围
····················

皇上此次前来，取的是钟离眛的命。大王当杀了钟离眛献给皇上，皇上必定高兴，如此解围，大王您就可高枕无忧了。有谋士给楚王韩信献计。刘邦称帝后，韩信被封为齐王，后改封楚王。

休得胡言！钟离眛与我乃刎颈之交，岂可用他之命解我之危呢。如此做派，乃小人所为，万万不可！韩信听了，大摇其头。

钟离眛曾是项羽帐下大将，数次推荐韩信，希望项羽能拜将韩信，终不能够。但韩信一直很感激钟离眛。后，钟离眛遭项羽猜忌，将帅离心，垓下之役后，钟离眛投奔了好友韩信。韩信自是十分欢喜。

做了皇帝的刘邦，自然很不放心项羽的旧将，一日不除，一日难安。得知钟离眛在韩信处，便传唤陈平，商议该如何行事。恰有人告发韩信有谋反之意。其时，刘邦对韩信已不大放心，遂下旨，谓将游览楚地云云。刘邦此行，实乃借游览之名，暗调军马，袭击韩信，趁机擒拿钟离眛，可谓一箭双雕。

刘邦的心思，韩信能猜中几分。他既想在皇上面前自陈安分，绝无反意，又得防上一招，做好军事防御的准备。但操作起来，却颇有难度，韩信一时忧心忡忡，寝食不安。

谋士依旧劝说韩信当斩杀钟离眛，韩信终有些踌躇了。

再说钟离眛，自打投奔韩信以来，日子过得甚是逍遥。两人几乎天天泡在一起，饮酒下棋，骑马射箭。回想峥嵘岁月，钟离眛不禁感慨，此生最幸福之事，就是交了韩信这个朋友。

那日，两人又喝上了，人没变，酒未改，气氛却不同了。先前，两人总是开怀畅饮，谈笑风生，酒总能喝得尽兴。这次，韩信眼神迷离，酒兴不浓，言语甚少，还吞吞吐吐，欲言又止。

钟离眛放下酒杯，道：兄长有心事啊，但说无妨，你我之间，何须藏着掖着，叫人好不痛快嘛。喝酒本是解忧的，说吧，有啥心事？

先喝了这杯再说。韩信举起酒杯，钟离眛只好迎合。两人一仰脖子，杯中酒就见了底。

那我就照直说了，贤弟要做好思想准备。韩信说，表情不大自然。

说吧说吧。钟离眛紧盯着韩信的嘴巴，生怕漏掉一字。

哎！韩信却只叹了口气，仍说不出口。

钟离眛急得跳了起来，背着双手，来回踱步，嘴里喷出话来：兄长今日是怎的了？倒像个妇道人家，婆婆妈妈的，叫人好生难受！

贤弟可知皇上将来楚地游览之事？韩信终于说出了句囫囵话。

岂能不知？

贤弟可知皇上此行之真正目的？

未……未细想过。钟离眛沉吟道。

游览是假，取命是真。韩信也站了起来，眼睛直视钟离眛。

取谁的命？钟离眛问道。

你的，或许还有我的。韩信一字一句地说道。

那如何是好？钟离眛不由一惊。

大家都说，只要你死了，我就活了。

你也这样认为？钟离眛心猛地一激灵，眼睛直视韩信。

于我，这确是最佳的解围办法。韩信点了点头，表情异常冷静。韩信已下了决心。

你？钟离眛呆住了。你可知道？刘邦现在还不敢攻打你，是因为我在。假如我死了，你的活期也就不长了。这，你可知道？

韩信却不回答。韩信上前一步，问道：我只问你一句，你敢做那樊於期第二吗？

哈哈哈……钟离眛仰天大笑，直笑得眼泪滚滚落地。

钟离眛面向江东，拔剑自刎。

韩信擦了擦额头的细汗，吩咐下人取了钟离眛的首级，择日敬献皇上。

后面的故事大家都知道——

韩信被降为淮阴侯。韩信被擒杀，诛灭三族。

"我死了，你的活期也就不长了。"只是不知，韩信临死前，是否想到了钟离眛说过的这话。

◀ 自　保

　　这几日，萧何府上张灯结彩，人来人往，热闹非凡。前来的都是有钱有势的主儿，所为何事？道贺来也。

　　汉十一年，汉将陈豨谋反，刘邦御驾亲征。吕后依萧何之计，谎称陈豨已诛，在朝的文武官员都当来贺。萧何以恩师身份亲自出马，诱骗韩信上朝，韩信当场被抓，不审不判，即刻斩首。刘邦大喜，遣人拜萧何为相国，加封食邑五千户，并派士兵五百人、都尉一名，作为萧何的卫队。

　　萧何觉得今有汉朝天下，自己居功至伟，遂欣然接受。正高兴时，却见召平一身白衣，说是萧家已大祸临头，特前来吊唁。众人皆惊。

　　将召平引至内府，萧何问他祸事之言，怎讲。召平说：皇上在外征战，而相国留守朝中，此时皇上对相国又是加封，又是设卫队，表面看是奖赏，实则监视。韩信已死，皇上对相国是越发不放心了。

一番话，说得萧何冷汗淋漓。真是老昏了头，被鲜花给迷惑了。

再想起当年的光景，萧何更是心有余悸。

当年，刘邦与项羽争夺天下，萧何有时不在刘邦身边，刘邦便派人一次次备上厚礼，派人前来问候。实乃监视。萧何就把不少族人赶往前线，跟随刘邦作战。嘿，奇了，此后，刘邦就再也不来问候萧何了。

萧何遂依召平之计，谢绝封赏，不要卫队，还献出诸多家产，资助军队。

刘邦暗喜。

汉十二年，淮南王黥布谋反，刘邦再次御驾亲征，萧何仍居长安，以稳朝纲。刘邦故伎重演，多次派使者前来问候。使者回报说：萧相国在京安抚百姓，爱民如子，还拿出家产资助军需，和平定陈豨反叛时一样。

狗屁爱民如子！来呀，大板伺候！刘邦一听，沉了脸。使者因口无遮拦，胡乱说话，被打得皮开肉绽。平定后，刘邦立马返回长安。却听闻萧何做了很多坏事，诸如低价强购民田民宅、放高利贷盘剥百姓等。百姓恨之入骨，见皇上回京，纷纷前来告状。

堂堂相国，竟至如此，与贪官污吏何异？名声如此之坏，真是罪过。金杯银杯，不如百姓的口碑啊。刘邦甚是恼怒，答应必严惩萧何，内心却暗喜不已。在强令萧何吐出那些不义之财后，刘邦也不再追究，此事就此了结。

萧何一时稳坐相国之位。稳坐相国之位的萧何就有些飘飘然，就有些忘乎所以，就有些麻痹大意了。有些飘飘然，有些忘乎所以，有些麻痹大意的萧何就因一时糊涂，说错了话，被刘邦关进大牢了。

事情是这样的。

那天，刘邦心情大好，就邀请萧何等在朝的文武大员把酒言欢，还说等酒席散后，带大家前往上林苑狩猎，要玩就玩个痛快。

谢主隆恩！众人皆悦。

这时，有人出列道：皇上，万万使不得啊！

刘邦望过去，见说话的竟是萧相国，很是诧异。

好刺耳的声音，太不和谐了。众人心里都在怨恨萧何。这么好的一次游玩机会，就要被他给搅和了。有人拿眼示意萧何，莫要再说了。

萧何微红着脸，梗着脖子，不顾左右，继续说道：长安一带人多地少，百姓缺衣少食，而上林苑面积甚广，实无必要。皇上若能辟出部分土地，给百姓耕田种地，百姓定会安居乐业，谨记皇上恩典，大汉天下也定能永保太平。请皇上三思！

刘邦的脸早变了色。

"朕闻李斯为秦相时，有善归主，有恶自与。今相国为民请吾苑，以自媚于民，故系治之。"刘邦怒气冲冲。

萧何就被关进了大牢。

哎，萧相国啊，你怎能"有善归己"，却将那"恶"推给皇帝呢？要爱民如子，那也是皇帝才有资格的呀。你真是老昏了头，情商严重倒退啊。

好在几天后，刘邦又把萧何给放了。皇帝的心思，难猜得很哪。

刘邦死后，萧何做人低调。"买田宅必居穷辟处，为家不治垣屋。"情商算是回归了正常水平。

——《八咏》2017 年第 2 期

◢ 富　死

　　汉文帝刘恒最近老是做梦，做长生不老的梦。梦里他想登天成仙，不知怎的，总差那最后一步。正急得要死，忽觉有人在他背后使劲推了一把，刘恒就成功登天了。刘恒很感激那人。却不知那人是谁，当时回头只看清是个黄头郎，穿横腰的单短衫，却不同于常人，而将衣带系结在背后。

　　第二天，刘恒就到未央宫边的苍池，从众水手中寻找那梦中的恩人。苍池的水手皆是黄头郎打扮。但见一人正奋力划桨，劈波斩浪，冲在最前，很是惹眼。再看，刘恒不由心中大喜，此人头戴黄帽，衣带从背后穿结，和梦中那人一模一样。遂召那人前来，但见眉清目秀，仪表堂堂，就又添了几分欢喜。一问名字，真乃天意也，邓通和"登通"谐音，不就是"登天畅通"之意吗？真是前世修来的缘分啊。刘恒一下子就喜欢上了这个邓通。

　　得知邓通家境一般，黄头郎的名分还是家中变卖家产，置办车马所得，刘恒很是怜惜，遂赏赐了邓通大量金银财宝，一次又一次。本想让邓通也当回大官，却又舍不得，就一直让邓通跟随左右，须臾不离，随时伺候。邓通最善划船，刘恒便有事没事的，经常泛舟河湖，掌船者当然是邓通了。

一日，刘恒心血来潮，叫面相大师许负替邓通面相。一番查看后，许负道：此人面相不妙，时运不济，此生必是饿死无疑。刘恒哪信，不悦道：不可能。朕要邓通富甲一方，容易得很。刘恒说到做到，遂将邓通家乡附近的大铜山、小铜山都赏赐于他，还允许邓通铸钱。邓通的铸钱光泽亮，分量足，厚薄匀，质地纯，很快，通行全国。邓通财源滚滚，富可敌国。

你说邓通怎会饿死？刘恒经常如此讥讽许负。

那阵子，刘恒后背生了个恶疮，流脓不止，太医费尽心思，仍久治不愈。刘恒日日唉声叹气，愁眉苦脸。邓通看在眼里，急在心里，时刻守候在刘恒身边。皇后累了困了，有不在的时候。而太子等众皇子们，每天像是例行公事般的，前来探视一次，且没待上几分钟，便手掩口鼻，疾退而去。真是来也匆匆，去也匆匆。

刘恒更觉心寒，对邓通道：真不知这天下谁最爱朕啊。邓通道：那还用说，自然是太子啊。刘恒摇头苦笑。看着每天忧心忡忡，只能侧卧的天子，邓通越发心焦，稍有空闲，就寻医问药，还亲自遍查药书。终于得知，有一法可治愈天子之病，邓通大喜过望。

陛下，你且转身。邓通将一痰盂置于龙床边，对刘恒说道，言辞恳切。

刘恒虽不知邓通意欲何为，还是转了身，将后背露于邓通面前。

邓通上前，将嘴靠上，对着刘恒的脓疮处，轻轻地吮吸起来。

万万不可！刘恒惊道。

陛下只管躺着不动便是，只要吸尽陛下的脓疮，不几日，陛下便可痊愈了。邓通道，若是奴才吸得重了，偏了，陛下只管指责便是。

刘恒听话地侧卧着，一动不动，眼泪哗哗地流着，濡湿了一大片床单。

邓通闭着眼，吮一口，吐一口，轻轻地，缓缓地，像极了一位大师。

正此时，太子刘启前来探视，见了，只想呕吐，下意识地手掩口鼻，却又觉得不妥。刘启紧锁着眉头，走也不是，站也不是。

刘恒示意刘启上前，替邓通吸脓。邓通惊呼：岂可让太子做此等事？

见父皇不为所动，刘启只好上前。刘启痛苦地闭着眼睛，抖抖索索地靠近，艰难地将嘴巴凑上，但未及碰到脓疮，便忍耐不住，狂呕不止。刘恒极度失望，自言自语道：真不知这天下谁最爱朕啊。

刘启心里恨透了邓通。

几年后，刘恒死，太子刘启即位，是为汉景帝。景帝一即位，便把邓通革职，追夺铜山，并没收他的全部家产。念邓通对先父皇有服侍之苦劳，免其一死。可怜邓通，一夜之间，不名一文，沦落至与乞丐一样的境地，最后饿死街头。

临死前，邓通想起了先皇，想起了许负那话，不觉长叹一声，老泪纵横。

——《小小说大世界》2015 年 7 期、《浙江小小说》2019 年第 6 期

◀ 智　者

袁盎对丞相周勃的做派很是看不惯。

每天上朝下朝，周勃都目不斜视，轻慢得很。大臣们和他打招呼，他毫不搭理，还故意把脸扭到一边，装作没看见。

不就是助文帝平定诸吕之乱有点功劳，至于嘛。袁盎很气愤。更让袁盎可气的是，文帝竟然对周勃恭敬之至，每次下朝后都要亲自把周勃送到大殿门口。大臣们也都觉得这个周勃太过分了，却又畏于他的淫威，只敢把怒言放肚子里。

袁盎遂决定好好治治周勃。

一天下朝后，袁盎把文帝拦下了。袁盎问文帝觉得丞相这人怎么样。

当然是江山社稷要仰仗的人啊。文帝脱口而出。

袁盎却把头摇得像拨浪鼓，如果陛下把江山社稷托付给这种人，那就糟了。

文帝听了，猛吃一惊，这样说丞相，这袁盎可是天下第一人。

文帝不以为然，问道，此话怎么讲？

袁盎上前一步，道，所谓社稷之人，乃主在臣在，主亡臣亡者也。可这个周勃，诸吕之乱时，他可是吕后的太尉啊。见吕后不行了，就反戈一击，摇身一变成了陛下的功臣。这些，想必陛下还记得吧？

文帝说，记得，记得，我当然记得，我记性好着呢。

陛下如此重用他，还对他特别恭敬。可他呢，非但不对陛下感恩戴德，反而心安理得地享受着，他眼里哪还有为臣之道，君臣之礼？袁盎越说越激动。他这哪是爱陛下，爱江山，他只爱他自己！

文帝听得汗都下来了，便问该如何处置周勃，却见袁盎跪在地上，屁股撅得老高。

嗯，这才是君臣之礼。文帝心忖道。

很快，丞相周勃就不再是丞相了。周勃被官降二级。

一下朝，文帝就回宫，再不送新丞相到大殿门口了。新丞相呢，远远地就和大家打招呼。众大臣在文帝面前，也愈加谦恭。

朝廷一派和谐景象，群策群力，各项事业很快上了一个新台阶。

看来周勃，真非丞相之才。文帝想。这个袁盎，还真是不错。

周勃自然对袁盎恨之入骨，总想寻机报复。

没想报复不成，周勃自己更大的麻烦倒来了。他被人告发谋反朝廷。

文帝龙颜大怒，把周勃投入大牢，非但要罢免周勃一切职务，连杀周勃的心都有了。

袁盎知道后，显得比谁都着急。他心急火燎地跑到文帝面前，说叛乱初平，百废待兴，周勃毕竟曾是大功臣啊。再者，保有他的一官半职，既可见陛下为政以仁，又能让百姓感受皇恩浩荡。如此，天下归心，江山永固。望陛下三思！

直说得文帝连连点头。

每天，袁盎亲自端茶送饭给狱中的周勃，直感动得周勃热泪盈眶。

袁盎又协助廷尉调查，直至案件水落石出。原来，告发者和周勃有生死怨结，见周勃已失宠，便起了谋害之心。

为这事，袁盎瘦了一大圈。

出狱后，周勃重新主事，虽官职小了，但他毫无怨言，他感恩还来不及呢。周勃把所管部门的工作做得风生水起，在袁盎推荐下，官升一级。

后来，已身为丞相的袁盎因事得罪文帝，周勃誓死劝谏，袁盎终免一死，被贬为西汉地方邦国吴国的丞相。

时吴王刘濞有不臣之心，袁盎千方百计报信给文帝。文帝却总不信，以为这是袁盎为回长安，不择手段了。刘濞对袁盎有所察觉，却苦于无真凭实据，不敢加害。刘濞就时时处处给袁盎脸色看。袁盎的这个丞相就当得很不像丞相，袁盎在吴国的日子就过得很不像日子

偏这时，出了"家内事"。袁盎的一个侍从官和侍女通好。侍从官知道事情已被丞相发觉，吓得不轻，连夜出逃。袁盎亲自

把他追回来。侍从官以为自己定难逃一死，因为这种事，就是对一般官员而言，也是很丢脸的，更何况发生在丞相身上呢。但袁盎非但没治侍从官的罪，反而做媒将侍女赐给他为妻。袁盎说，两人相爱，何罪之有？成人之美，岂不乐哉！

景帝时，袁盎被升为太常，重回都城长安。

放虎归山啊，刘濞苦叹道。

不久，袁盎竟主动要求出使吴国。

刘濞大喜过望，真乃天赐良机，此时不除，更待何时。

刘濞就派他的校尉司马带领 500 精兵，把袁盎的住所围得水泄不通。

袁盎啊袁盎，你纵有天大的本事，也插翅难逃了。刘濞得意地笑了。他在家宴请宾客，等着校尉司马给他带来好消息。

刘濞等到的消息却是袁盎已经逃离吴国奔赴朝廷，是校尉司马设酒醉倒 500 精兵，亲自护卫袁盎出逃的。

刘濞大怒，命手下将校尉司马拿下，他要亲自将他斩首示众。

不必了，我来了！门外有声，声若洪钟。

众人循声望去，但见校尉司马正立在门外，昂首挺胸。

你为何要这么做？刘濞大为不解。

校尉司马答道，我曾是袁使者的侍从官，我的命是他给的。

说罢，校尉司马拔剑自刎。

见事已败露，刘濞只得仓促纠集另外六个邦国，举兵反了。其时，刘濞羽翼未丰。

终于反了。袁盎大松了一口气。袁盎主动请缨，跟随大将军周亚夫，很快平定了以刘濞为首的七国之乱。

袁盎厚葬了校尉司马。

景帝欲封袁盎为丞相。

袁盎却辞官不做，隐居去了。

——《小小说大世界》2018 年第 5 期

◀ 雅 量

你我今日聚会，只能到此了，否则要死人嘞。刘宽忽然起身，对老友道。

此话怎讲？你我喝酒喝得好好的，离醉酒远着呢，怎么会死人呢？老友大为讶异。

时间紧迫，改日再聚，到时再给你解释吧。说话时，刘宽已奔出了屋门。

都一个老人了，还这么拼命。老友摇头，甚是不解。

刘宽果真救了一命。要是晚到几分钟，这命就没了。那老仆已把一根粗绳结于梁上，头刚套进圈圈。

事出有因。老友难得来访，刘宽很是兴奋，遂命老仆前去沽酒，买最好的酒。谁知，老仆难抵酒香之诱，偷饮了几大口，谁承想酒劲十足，毫无酒量的他就醉了，一路踉踉跄跄，好久才归。连客人都看不下去了，老友就随口骂了声："真是个不懂事理的老畜生！"老仆羞愧难当，掩面而去。刘宽与老友又饮了几杯，方才想起买酒的老仆来。

老友听闻后，惊出一身冷汗，很是后悔当时不该出言不逊，侮辱老者，害他寻了短见。他知道，刘宽是从不责骂下人的。

刘宽性格温和，为人宽厚，一年到头，不见他有疾言厉色的时候，对家人，对亲友，对下人，都是如此。一次，丫鬟不慎把羹汤洒在他的朝服上，当时李宽正急着上朝呢。这真是节外生枝，令人扫兴，但刘宽不恼不怒，未加责备，反而关心地问丫鬟："羹汤是否烫伤你手了？都怪我今日太急了，有失风度啊。"倒弄得那丫鬟颇不好意思。要知道，刘宽当时已官至太尉，谁不对他恭敬有加啊。

属下若有过错，刘宽从不大声斥责，实在非惩不可，至多以薄鞭轻罚，以示警诫。刘宽说："咱都是拿国家俸禄，为国家效力的，岂可掉以轻心，不将国家放在心上呢？"刘宽的属下，少有敷衍塞责，办事不力的。

时汉灵帝刘宏当政，不理朝政，荒淫无度，特建"夜舒荷""裸泳馆"，尽淫乱之术，行不齿之事。众臣敢怒不敢言，刘宽忧心如焚，思忖计策。一次，为灵帝讲经，刘宽竟饮酒，醉了，睡在桌沿。刘宏问道："太尉醉了吗？"刘宽抬头，手指裸泳馆的方向，说："没呢，臣不敢醉，只是任重责大，忧心如醉。"刘宏听出了弦外之音，有些羞愧，很是收敛了一阵子，可惜过后，一切照旧。刘宽很是恼怒，有次直闯"夜舒荷"，昂首挺胸，不行君臣之礼，对刘宏厉声道："陛下怎可如此醉生梦死，大汉的天会塌的呀！"这是刘宽最为激烈的一次辞说了。

后来某年，天现日食，在那个时代，这是被视为大不吉的。刘宏遂罢免了刘宽太尉之职，刘宽未辩一言，当日便走，回陕西潼关老家去了。许是他内心早已不愿为无道昏君效命了。

下面这事，史书有载，更是在坊间广为流传，直至今日。今日的人民公仆们若是看到，至少也该红红脸的。

那年，刘宽刘太守（相当于现在的地级市市长吧）独自一人驾着牛车微服私访。车是破车，牛是老牛，走着走着就动不了了。刘宽只好下车，正不知所措时，一农人寻自家丢失的牛而来，着急忙慌地。那人一口咬定刘宽的牛就是他的，二话不说，牵了牛就要走，还说要把刘宽拉去官府。刘宽未作一句辩解，就把牛给了。他知道，牛，对农人意味着什么。只是对那人说，自己有要事在身，等忙完事，再去官府不迟。反正已找到牛了，农人也不再计较，说：今天算是便宜你这偷牛贼了。他还觉得被刘宽占了便宜呢。约莫过了半个时辰，那农人着急忙慌地又返回，随行几人，还有两头牛。原来，他那头丢失的牛，在别处找到了，才知冤枉了刘宽。刘宽正撅着屁股，修理那破车呢。农人面红耳赤，连连谢罪。刘宽道："牛样子都差不多，难免会认错。你切莫自责。"随行中有人认出是太守，农人大惊失色，忙磕头谢罪。"你很诚实，亲自把牛给送回。我得谢你才是哦，你让我受了一次教育哩。"刘宽呵呵一笑，扶起农人，"今年庄稼长势喜人噢，太好了。"说完，刘宽驾着那辆破牛车，走了。

◂ 真 我
·················

界上亭长不是要你带话谢我，怎么不说了呢？议事后，京兆尹赵广汉不动声色地问辖内的湖都亭长。

对对，他是说过。湖都亭长假装镇静，内心惊骇不已，这事他怎么知道的？

任京兆尹伊始，赵广汉就办了一件大案。下属杜建借职务之便，在督造汉昭帝陵墓过程中，中饱私囊，被举报后，仗着自己有强硬的后台，死不认账。赵广汉没有知难而退，不徇私情，不惧强权，排除万难，掌握了充足证据，而后将杜建斩首弃市。京城百姓交口称赞。

任京官之前，赵广汉做过多年的地方官，郡吏、州从事、县令、郡守等，为官清廉，作风强悍，不畏强权，敢拿硬茬。

在他任颍川郡守时，境内的原氏、褚氏两大家族结为姻亲，蓄养门客，横行乡里，胡作非为，弄得社会乌烟瘴气，百姓敢怒不敢言。经过一番明察暗访，赵广汉发现两家其实深有矛盾，时时处处互不相让，都想充老大。有了对策。先将一方作恶头目抓捕，绳之以法，放出口风，说是对方举报的。这一离间计，无疑加深了双方的积怨。见郡守强硬，两家很是害怕。此时，赵广汉又设立缿筒，鼓励百姓匿名举报，并予以奖励。两家愈发惊惧，为保全性命，互相举报，投案自首者，甚众。治理才一年，颍川就社会安定，风气大为改观。赵广汉声名大震，很快得以升迁，代理京兆尹，一年后，成为正式京兆尹，位列朝廷重臣。

有次，京城发生了一起绑架案。被绑者名叫苏回，乃宫中侍卫。身为京兆尹，赵广汉受理此案。强将手下无弱兵，很快，查明了两名绑架者的住处。赵广汉没有强攻，而是叫属下在门外喊话："赵大人劝你们莫要惊慌，杀害人质。他乃宫中侍卫，若杀之，你俩难逃死罪。莫如现在投降，放他出来，如遇朝廷大赦，说不定你俩还可免去一死。再者，你们已经被团团包围，插翅难逃。何去何从，好好想想吧！"二人素闻赵广汉威名，稍作商量，决定投降。二人遂自己开门，放了苏回，跪地讨饶。后，赵广汉吩咐狱卒好生招待二人，每天给他们酒肉吃。问斩后，又买了两副上好棺材，妥善地安葬二人。临刑前，二人感激涕零，皆称死而无怨。

赵广汉曾追随霍光，一起拥戴昭帝继位。霍光官拜司马大将军，乃三朝元老，位尊权重。霍光死后，赵广汉无意中查到霍家有非法酿酒和屠宰之行为，他不徇私情，以法为大，砸烂酿酒器具，砍坏霍家门庭。然此举大大得罪了霍家及其党羽。霍光女儿乃宣帝皇后，赵广汉得罪的可是皇亲国戚呀。好在宣帝赏识他，只是稍加责备。

赵广汉越发招人嫉恨了。

家人很是担忧，屡次劝说赵广汉当有所收敛，莫再得罪权臣望族才是。

那就是不是我赵广汉了。该怎样还得怎样！赵广汉如是回答。

他哪里知道，灾难正悄悄地降临。

正所谓常在河边走，哪能不湿鞋。赵广汉有个门客胆大妄为，私自在集市卖酒，被丞相魏相的家丁发现，赵广汉难辞其咎，被告有失职之责。为保全自身，赵广汉派遣长安丞监视、暗查相府，并安插亲信混入相府，充当门卒，找寻相府之过。

终有所收获，相府一女婢自缢身亡。赵广汉亲率吏卒前往相府，带走十多个奴婢，加以讯问。魏相自然不肯轻易就输，竭力反击。魏相上书宣帝："相府未杀婢女，只是责骂了几句，是她自己一时想不开，离开相府，在外自缢身亡。实非赵广汉所言，乃为我所害。赵广汉及其下属，以往多次违犯朝纲国法，却均未获罪。如今，他置国法于不顾，又对朝廷之股肱重臣，横加诬陷，肆意诽谤，真是胆大包天，而这全是为泄私愤，是可忍孰不可忍！此等劣迹，若放任不管，后果不堪设想哪。望皇上严惩！"

此时，朝廷的文臣武将几乎一边倒，全是附和声。宣帝无奈，只好下旨逮捕赵广汉，不日施以腰斩。

百姓闻之，悲愤不已，争相求情，可哪有用。行刑之日，长安城万人空巷，百姓自发前来送赵广汉最后一程。

他是面带着微笑死去的。

他活出了真我。

第三辑

魏晋风流

　　魏晋时期，南北分裂，政权对峙，人才辈出，建安三曹、竹林七贤等，南朝宋明帝的遭遇或许是这个分裂时代的缩影吧。

◀ 作 死

孔融把忘年交祢衡推荐给曹操。

曹操一看，乐了，此人脑袋真是大，硕大无朋，这么大的脑袋怕是装了不少东西吧。那就谈谈试试？果真如此。别看这个祢衡才 20 刚出头，却文韬武略，满腹经纶。

当今啥都不缺，就缺人才啊。曹操心中大喜，道：我手下人才济济，文官武将不下数十人，你再归我，如虎添翼啊。祢衡就问曹操手下都有谁。曹操一一说了。祢衡鼻子哼了下，说：主公此言差矣，这些人我很了解，无一堪当大任。不过，也算有些用处。比如你睡觉了，程昱可当看门狗；你想牛羊了，许褚可做放牛郎；你想杀人了，吕虔可为磨刀匠；你死了，荀彧会做哭丧公；你下葬后，荀攸会当护坟者。都说主公知人善任，我看根本不是，原来这只是个传说啊！哈哈哈……祢衡放声大笑，肆无忌惮。曹操气得七窍生烟，却没有发作，还笑道：先生所言极是。正好，明日有个聚会，我给你引荐下。对了，听说你擅击鼓，明日先生就委屈当回鼓吏吧。

翌日，聚会。众人见一人，脑袋硕大，衣衫褴褛，臭气熏天，无不掩鼻而过。到了击鼓的环节，按例，鼓吏得有鼓吏的行头。祢衡就开始脱衣了，竟脱得一丝不挂，又不肯换装，只顾击鼓，旁若无人。曹操叫停，装听不见，只管击鼓，声音更响。众人皆惊，曹操心里真恨死这个祢衡了，对孔融也心生不满起来。

曹操就把祢衡送出许都，交给了荆州的刘表。属下们不解，怎么不把这狂妄之徒给宰了，宰他可比杀鸡容易多了。曹操笑而不答。刘表，曹操再熟悉不过了，这人，心胸狭隘。

很快，刘表又把祢衡给弄到江夏太守黄祖那里去了。

刘表原先的秘书，在祢衡眼里，个个都是酒囊饭袋，毫无用处，一份文件得写老半天，还文辞不通，词不达意。刘表呢，就是个鼠目寸光之徒，不值追随。送走好啊，正合我意呢。祢衡心里乐颠颠的。

黄祖的暴脾气，那可是出了名的。

祢衡心想，我就要治治你的狗屁暴脾气。

有次，黄祖主持操练。士兵稍有懈怠，黄祖便拳打脚踢。士兵哪敢吱声。祢衡不急不恼，上前施礼道：将军打得太轻了，这不好。黄祖纳闷着，一时不知如何接口。祢衡接着说道：打死才好哩。打死他，他都不会吱一声，杀只鸡啊宰头猪啊，还会让你一则抓个半天，再则叫唤个没完。再说了，你手下兵士有的是，不差这一个两个的。打吧，继续打，我走了。说罢，倒背双手，优哉游哉地走了。黄祖的脸早红一阵白一阵了。未走多远，祢衡回头，大声说道：此事只有你知我知天知地知，放心好了，我不会告诉任何人的！众将士们再也忍耐不住，扑哧一下，都笑出了声。

那一刻，黄祖杀祢衡的心都有了。要不是日后其子黄射的阻挠，祢衡早成黄祖的刀下之鬼了。黄射和祢衡是铁哥们。

但不久，祢衡真成了黄祖的刀下之鬼。

二人饮酒，喝得兴起，皆有醉意。黄祖问祢衡在许都有何亲人。祢衡说只有两个儿子。黄祖说：你又耍我，你才多大，你要说你睡过别人的老婆，我信。说你有儿子，我可不信。祢衡不高兴了，说：真的，这次不骗你。黄祖说：那我问你，我和他俩比，怎么样？黄祖的意思是，他肯定比祢衡的儿子聪明。祢衡却说：你好比庙里的神像，有人祭拜，但不灵验，空花他们的钱，枉费他们的心，毫无用处！黄祖一听，酒劲上扬，真是火大：你怎么把我比方成木偶人了，该死！就拔刀出鞘，把祢衡宰了。事毕，道：宰你真比杀鸡容易多了。

刘表听闻祢衡已死，叹了口气，然后对属下说：以后在长官面前得注意自己说话的语气。知道没？

知道了知道了。众人异口同声。

曹操听闻祢衡已死，冷笑。尔后，曹操安排了一次大聚会。聚会伊始，曹操说：注意啊，以后在长官面前，你们得注意自己说话的语气，还有神态，知道没？

知道知道，我们早就知道了。众人异口同声，点头如捣蒜。

我们还知道，不作死就不会死。众人又说。

对，知道就好。曹操笑意盈盈，甚是得意。

这是曹操嘴上的话，曹操心里的话是：那可不一定。

——《小小说大世界》2019 年第 5 期、《小小说月刊》2019
年第 12 期上

◀ 了 解
....

　　曹操对毕谌是充满感激的。

　　曹操初出茅庐时，东平被黄巾军攻陷，是毕谌、鲍信他们迎立曹操为兖州牧，又协助曹操大败黄巾军，受降其30余万众，从此，曹操势力日增，渐成一实力派，让人小觑不得。

　　曹操自然感恩，遂将毕谌由功曹提为别驾从事。曹操把毕谌当成自己最要好的两个朋友之一了。

　　曹操的另一个朋友是张邈。

　　想当年，两人一同举兵讨伐董卓，每每征伐前，曹操都会对家人如此交代：假如我回不来了，你们就去投奔张邈，他定会善待你们的。后，袁绍被推为盟主，不喜张邈，叫曹操杀之。曹操严词拒绝：他是我最要好的朋友，要杀就先杀我吧。袁绍只好作罢。张邈听闻后，感动得流了一脸盆眼泪。

　　可世事难料，人心叵测。在曹操又一次出征后，张邈竟和陈宫一起，迎立吕布为兖州牧，控制了东平，抄了曹操的老窝。还把毕谌一家老小也给劫持了，并放出话来：如若毕谌不来投奔，就将他一家子全部斩杀，一个不留。

这是要我一下子失去两个朋友的节奏啊。曹操伤心且寒心。

你父母妻儿都在那边，你去吧，我不会怪你的。且行且珍惜！曹操泪花闪闪。

毕谌痛骂张邈小人，糟蹋了朋友二字。毕谌顿首道：不，我绝不会离开曹兄！

你才是我真朋友啊。曹操的眼泪一下子流了出来。这是高兴，还有感动哪。

此后，两人食同席，睡同寝，形影不离。两人发誓，先灭了张邈，然后一同打天下。

毕谌遂成全军的仁义模范，道德楷模。

有次，曹操因事离开营地，没过多时，毕谌牵马出营，兵士拦住去路，问他意欲何往。毕谌道：我太想曹兄了，一刻见不到他，我就难受，我这就要追他去。兵士感动极了，立马放行，还毕恭毕敬地行了个军礼。

这下，轮到曹操想他了。曹操都回营好几天了，仍不见毕谌归来。该不会迷路了吧？曹操甚是担忧。

密探来报，说毕谌投奔张邈去了。

曹操惊得目瞪口呆，颓坐着，半晌吐出一句话：我了解他，他定会回来的。

却一直没有毕谌要回来的消息。

曹操暂时忘却不快，化不快为力量，很快，擒杀吕布，逼逃张邈，活捉毕谌。其实，说活捉毕谌，不对，毕谌压根没打算逃离东平，他是坐等曹军来捉拿的。

毕谌被捆绑着，押至曹操面前。曹操怜之，更恨之，厉声问道：你当初背我而去，今日却又不逃离，这是为何？我此生最恨背信弃义、出尔反尔之人。难道你不怕我会杀了你吗？

毕谌平静地回道：我了解曹兄，曹兄不会杀我的。毕谌毫不畏惧，还拿眼紧盯着曹操。

二人对视着。

杀了他，杀了他！众将士怒不可遏，齐声高喊着。气氛紧张极了，空气里充斥着浓浓的火药味，一点就爆。

良久，曹操挥了下手势，将士们皆息了声，停止喊叫。

我说过，你定会回来的。曹操上前，亲自为毕谌松绑，还要他与己并肩站立。曹操对着众将士，大声说道：至孝之人，有才之士，必忠于家国，理当礼遇之。毕谌仍是我最要好的朋友。

众人无不为曹操的雅量和气度折服，越发为曹操卖命了。

后曹操为丞相，权倾朝野，呼风唤雨。毕谌呢，官职最高时，仅是典农校尉，一个小小的屯田官。

有亲信拿这事问曹操，曹操答曰：我了解他，此人不可委以重任。此一时，彼一时也。我已是很对得起他了。

有亲信拿这事问毕谌，毕谌答曰：我了解他，他能这样对我，已经是谢天谢地了。此一时，彼一时啊。

——《小小说大世界》2015 年 11 期

◀ 投　机

孟郎，今日来点什么？

这个被唤作孟郎的刚一落座，洛阳城最豪华、最气派的"名盛酒楼"的掌柜就亲自上前过问了。

还用问吗？上最好的菜，拿最好的酒！孟郎不回头，不眨眼，只挥了下手。

孟郎本名孟佗，凉州人氏，来洛阳已有时日。只是不知他来都城何为。见他不考学，不逛青楼，也不做生意，但见他带着一个大户人家总管模样的人，日日穿梭于酒肆茶楼，尝遍了都城的美味珍馐。日久生情，两人之间交情笃厚，那是不必言说。

一日，酒酣耳热之际，孟佗忽地默然无声，眉头紧蹙。

总管知孟佗遇到了难事，便说：孟郎有何难事，尽管吩咐就是。这一年来，吃你的喝你的，却没帮过你一次忙，我实在过意不去啊！

孟佗猛喝了口酒，说：实不相瞒，我连酒钱都付不起了。

总管大惊：都是我给害的，罪过罪过。

孟佗红了眼圈，说：是哥们，不说这话。只是我有一事相求，想见张大人一面，不知可否？

原来如此。以前每次问他为何请我吃喝，总说没事。总管把胸脯拍得山响，大声说道：包在我身上！

接着，孟佗和总管如此这般地咬了一阵耳朵。

孟佗想见的这位张大人正是中常侍张让，东汉灵帝时，权倾朝野，显赫至极。想求见张让而谋官的人如过江之鲫。但人家是中常侍，岂是你想见就能见得的？想见上张让一面，难啊。

翌日清晨，张府门前依旧车水马龙，求见张让的队伍早排成了长队，连绵数里。

我凌晨四点就起床了，没想还是迟了，哎。有人抱怨道。

我凌晨三点就起来了呢。有人说。

都站好了啊，不许插队！现场指挥的家奴们大声吆喝着。

队伍在缓慢地挪动。

进去的人却一脸沮丧地出来，说是没见到。——是啊，进去了就能见到？天真！

忽然，伴随着一声马鸣，一辆马车霍然而至。

孟郎，你终于来了，叫我好等啊！总管满脸堆笑，立马迎了上去。众家奴见状，跟在总管后面，也迎了上去。

哈哈，不好意思，因事耽搁了。来人下得车来，拱手施礼道。

来人正是孟佗。

孟佗和总管勾肩搭背、有说有笑，径直进了张府那森严、气派的大门。

队伍一阵骚动。

约莫半个时辰后，孟佗和总管勾肩搭背、有说有笑地出来了。

孟佗登上马车，志得意满，和总管挥手告别。

队伍又是一阵骚动。

接下来的日子，孟佗成了香饽饽，宅前日日门庭若市，都是前来求他引见的。自然，都是带着厚礼来的。

只是没人知道，其实，那次孟佗没去见张让，他只是在张府院子里的石凳上打了半个时辰的盹儿。

又一日，酒楼里。孟佗看着满桌的佳肴，笑，对总管说：该轮到我了吧。

总管哈哈大笑，只道了声：喝！两人的酒杯又碰到了一起。

那夜，出得张府大门后，总管对孟佗说：想知道大人怎么说你吗？

孟佗把身子往总管那边靠了靠。

大人说你啊，才学平庸。总管说着，看了下孟佗。

孟佗脸上依旧微笑着。

不过，你那些东西挺稀罕，大人很喜欢。大人又说了，大人说你啊，机灵鬼一个。还有啊，说你那葡萄酒特好喝，都城可没有啊，那酒啊，大人给惦记上了。说罢，总管大笑。

孟佗也跟着大笑。

很快，孟佗当上了凉州刺史，成了家乡的父母官。

只是，那些给孟佗送过礼，求他引见的人，正对他望眼欲穿呢。

◀ 鞭　子

································

一条鞭子，正从半空中狠劲地抽下来！

洛阳郊外的原野，两军对垒，战斗异常惨烈。战场上，号角呜咽，战马嘶鸣，矛戈碰撞，尸横遍野。一时，风云凝滞，天地变色。

交战的双方，西魏权臣宇文泰和东魏大将侯景。先前，宇文泰挥兵杀将而来，斩将刈旗，势不可当。侯景大败，退至洛阳城内。宇文泰不做停留，乘胜追击，兵锋直指洛阳城。侯景也算东魏名将，岂能咽下这口恶气？遂倾巢出动，决一死战。于是就有了洛阳城外原野的这场恶战。

不知何时，一支暗箭飞来，不偏不倚，正中西魏一领头骑兵的战马的脖子。战马痛不能忍，一声长嘶，一尥蹶子。骑兵猝不及防，被重重地摔在地上，疼得龇牙咧嘴。

要命的是，对面的东魏将士一见，呐喊着，欢呼着，潮水一般地朝这个骑兵涌过来。

危险逐渐逼近，骑兵左右无人，只好拼命地想自己站起，却浑身疼痛，一时站立不起。真是天亡我也！自知在劫难逃，骑兵不禁一声长叹。

恰在此时，一条鞭子，从半空中狠劲地抽下来了！

骑兵只感觉身上被重重地抽了一鞭，还没明白怎么回事，一声炸雷在耳边响起，当然，也响在正奔杀过来的东魏将士的耳边。你这个糊涂小兵，你们的大行台都跑了，你还留在这里作甚，等死啊！大行台，是宇文泰当时的职务。

骑兵一看，心领神会，大声嚷道：鞭我作甚？难道我们做小兵的就只有挨长官鞭子的份吗？

原以为倒在地上的是宇文泰呢，却不料，只是个西魏的小兵，那还管他干嘛，追宇文泰要紧哪。战前，侯景说过，谁捉得宇文泰，重重有赏。于是，呼啦一下，东魏的将士们纷纷绕过他俩，追击宇文泰而去。

抡鞭子的这人，是西魏都督李穆。

李穆屈身向前，拉起地上的骑兵，小心地将其扶上自己的战马，尔后，快马加鞭，二人趁乱突围而去。期间，那骑兵一次次地回头张望。

这骑兵不是别人，正是宇文泰，西魏军队的总司令。

很快，突围后的宇文泰亲率援军，反攻回来，神不知鬼不觉，杀至东魏军队的后背，射杀东魏猛将高敖曹，最终大获全胜。

此后，在东魏、西魏的多次对垒中，西魏逐渐占了上风。30多年后，北周宇文邕终于灭掉北齐，统一了北方。宇文邕是宇文泰的第四子。

再说这个李穆，之后一直得到重用，累迁大将军、大司空。杨坚建立隋朝后，封李穆为太师，位列三公，权倾朝野。

都说历史是必然的，其实，历史有时也是偶然的。

——《涟水日报》2014 年 6 月 17 日，《格言》转载，《滕州日报》2023 年 4 月 19 日

◀ 看 杀

　　璧人来了，快去看啊！洛阳城万人空巷，人们争相前往观看。

　　但见前方一少年，正坐着羊车缓缓而来。羊有四只，通身雪白，如棉，似云。再看少年，羊就不显白了，如黄棉，似阴云。少年肌肤白皙，身材高挑，眉清目朗，手细颈长——恰似一尊白玉雕塑，冰清玉洁。羊车踽踽前行，犹如翩翩的白天鹅，默默游弋后留下的一道水痕，又似逆风蜻蜓的透明薄翼，万千扑扇后的不胜应举。

　　珠玉在侧，觉我形秽啊。英俊豪爽，风度姿容的骠骑将军王济也挤在人群中，赞叹不已。

　　少年如此美艳倒也罢了，偏偏少年还善烹调，会做会赏，大厨师兼美食家。看其做菜，舒心，吃其美食，爽口。再巧的妇人，都自叹弗如。

　　少年美艳、善烹调倒也罢了，偏偏少年还口才极佳，能言善辩，好谈玄理。这可是魏晋时期，士人的最大爱好，人人乐此不疲。时人云："卫玠谈道，王澄倾倒。"王澄与王玄、王济，此三人极有盛名，却都在卫玠之下，"王家三子，不如卫家一儿"。

此少年正是卫玠。

若问天下最幸福者，何人？皆曰：洛阳人也。再问，为何？答曰：只因卫玠在洛阳。

可惜，洛阳人很快没眼福了。几年后，北方战乱，胡人南下，卫玠决定南下避难。

那日，洛阳城又一次万人空巷，这次人们是来送行的。送了一程又一程，走了一路又一路，依依不舍，难舍难分。要不是亲友的极力劝阻，不少人就真的跟随卫玠南下了。

一路风餐露宿，娇妻竟于途中撒手人寰，卫玠痛心不已，原已体弱多病的身子愈发惹人怜爱了。途经江夏，江夏人听闻洛阳璧人来了，欣喜若狂，争相观看，一时万人空巷。"耕者忘其犁，锄者忘其锄。来归无怨怒，但坐观卫玠。"卫玠被围，几乎寸步难行，但他不怒不恼，一直满脸笑意，不断挥手。几次衣服被挤，帽子脱落，也毫无怨言。

卫玠沿江东下，经九江、豫章等地，抵达建业。沿途所到之处，围观者甚众。长江两岸，人群聚集，欢声雷动。鸟儿也在空中盘旋，欢叫不止，不忍飞离。

建业乃几世帝都，名人荟萃，粉丝也多。听闻卫玠到来，男女粉丝们不约而同，如过江之鲫，都急切地往卫玠借住的旅舍赶。旅舍门前，一时人潮涌动，喊声震天。卫玠见实在躲不过去了，只好在窗口笑脸相迎，挥手致意。但仅如此，众粉丝哪会过瘾，非要卫玠下来——他们要与偶像零距离接触呢。他们要听卫玠唱歌，要看卫玠跳舞，要赏卫玠烹调，要观卫玠驾羊车，还要听卫玠做演讲。否则，绝不离开，绝不！有粉丝竟攀上树枝，登上屋顶，若卫玠再不出来，就跳树跳楼，以身殉道。

卫玠推辞不过，只好下楼，出门，和众粉丝见面。在众粉丝不停的尖叫声、呐喊声中，卫玠唱了歌，跳了舞，做了演讲。只怨条件不备，当日未能驾羊车；只恨时间太快，当日也来不及烹调。好在"明日复明日，明日何其多"也。

翌日，卫玠就做了烹调，味极佳，害得建业的大厨们差点集体改行。再一日，不知众粉丝怎么创造的条件，羊车也有了，卫玠就为他们驾了一天的羊车。众粉丝皆倾倒，不少干脆在旅舍周围安营扎寨，夜已深，却激动得无法入眠，身虽不能和偶像同床共枕，起码心已离偶像最近了。

日复一日，卫玠不停地为粉丝们唱歌、跳舞、演讲、烹饪、驾车，人日渐消瘦，虽脸上仍笑意盈盈。

终于，卫玠病倒了，且一病不起。

任凭粉丝们怎么祈祷，医生们怎么医治，卫玠终究还是走了，年仅 27 岁。

人人悲痛，个个哀思。

看杀卫玠，可惜可叹啊。

后世的明星皆引以为戒，每次外出，都有勇猛的保镖护卫，寸步不离左右，故能安然去安然归。

于是乎，卫玠就成了古往今来，唯一一个被看杀的超级偶像。

——《小小说选刊》2019 年第 17 期转载、入选《2019 中国小小说年选》

◄ 腹　诽

　　曹操西征马超，抢占了渭河北岸，只要渡河成功，占领南岸，就可兵锋向前，趁势击败马超。可刚一南渡，就遭到马军的轮番阻击，曹军损失惨重，无法前进。曹操只好命军队退回北岸，再作商议。可河岸尽是松软的沙子，无法扎营。一时之间，曹操不知下一步棋该如何走。

　　曹操想到了一个人，谁？娄圭。娄圭啊，该是你大显身手的时候了。曹操心说。曹操一直很欣赏娄圭。

　　当年，娄圭因藏匿亡命之徒，被当作死囚关押，严密看管下，他居然成功越狱。官兵追捕，居然信他，往他所指的方向追去。那时，娄圭早乔装改扮，换了脸面，官兵哪还认得出来。此事传诵一时。投奔曹操后，曹操很是赞赏道：你真是太聪明了。换别人，早死了。娄圭道：我知道主公需要我，我怎么能死呢？曹操听了，哈哈大笑，内心很是喜欢娄圭。

　　娄圭跟随曹操南下荆州，刘琮未作抵抗就请降。众将怀疑其中有诈，劝曹操小心为妙，都说休要理他，攻城便是了。踌躇中的曹操把眼瞧向娄圭。娄圭胸有成竹道：刘琮本无什么实力，今儿个把节符都献出来了，诚意之至，我看，确乃真降。主公不必多虑，只管受降便是了。如此，兵不血刃，便能大功告成，荆州百姓也可免于战火之祸，乃主公功德一桩啊。后来之事，全如娄圭所言。曹操大悦，给了娄圭很多封赏，也越发信任娄圭了。

如今，战事吃紧，全指望娄圭了。

娄圭还真是急曹操所急，未等曹操差人去唤，他不请自到，摇摇摆摆地往曹操营帐来了。见他这副模样，曹操那颗焦急不安的心，立刻放下了。这家伙肯定是献妙计来了。

还不给我倒茶！娄圭一进营帐，就自个挑了离曹操最近的位子入座，还对曹操的侍卫直接下命令，毫不客气。曹操竟毫不计较。

几口名茶入肚，娄圭终于开口。娄圭说：主公不必忧虑，我自有妙计。正当天气奇寒，可用土沙筑城，灌水进去，水结成冰，坚硬如铁，一夜时间，便能成事。曹操听得乐开了怀，起身，亲自为娄圭添茶。这才传令下去，连夜行动，做到神鬼不知。

翌日清晨，马超亲率大军前来河岸，一看，大吃一惊。一夜之间，河岸竟然耸立起了一座高高的沙城！惊愕之余，马超急令将士攻城，原以为沙城不堪一击，马踏沙崩，人推墙倒。却不料，城墙乃砂石结冰而成，坚固，滑溜，根本无法下手。趁对方迷惑间，曹军蜂拥而出，掩杀过来。马超抵挡不住，大败而走。

子伯计谋，吾不如也！庆功宴上，曹操毫不吝啬，当众狠狠夸赞了娄圭一番。曹操甚至心生嫉妒了。

众将士也对娄圭刮目相看，不管哪儿碰到，都先行礼，态度极谦恭。娄圭难免有些飘飘然了。

一日，与好友习授同乘一马车，远远地，看见曹操父子驾车出游，前呼后拥，行人纷纷避让。习授很有感慨，说：为人父子，当如曹氏，如此排场，快哉快哉！娄圭鼻子哼了一声，应道：人生在世，岂可光为看客，瞧人痛快？自己痛快，才是真痛快。习授闻言，呆呆地盯着娄圭看，仿佛不认识似的。

当夜，习授就将娄圭所言密告给了曹操。曹操听了，半晌无语。

这不是恶意诽谤我曹某一家吗？！他还想取代我嘞。虽然他嘴上不这么说，但心里肯定是这么想的。是可忍孰不可忍！娄圭娄圭，你真是居心叵测啊。曹操当时就下了杀掉娄圭的决心。

曹操亲自监斩。娄圭人头落地，却不肯闭眼，盯着曹操，仿佛在问：我可是大功臣，你为何无缘无故杀我？

曹操才不管呢。曹操心说：这下你该痛快了吧？

——《小小说大世界》2019 年第 1 期、《小小说月刊》2019 年第 8 期上转载

◀ 断　案

长史柳庆奉桂林太守之命前来辖县宜州断案。

本无柳庆事，只是宜州涂县令断案糊涂，弄得民怨沸腾，官府下不来台。

原来宜州富豪胡发，一夜之间，家中值钱的财物几乎被洗劫一空。当是一伙人早有预谋之所为。涂县令大怒，朗朗乾坤，贼胆包天，定要查个水落石出，严惩不贷。可十多天过去了，案情毫无进展，连个蟊贼的影子都没见着。涂县令无计可施，就强拉胡家的左邻右舍至衙门，一通好打。可怜众乡邻，被打得皮开肉绽，哪还承受得住，只好屈打成招，签字画押。可仍无法结案，盗窃所劫之物在何处？搜遍各家各户，不见踪影。涂县令的头都大了。有百姓实在气不过，就把冤情告到了桂林太守那里，太守很不满。涂县令的头越发大了。

柳庆就是在此时临危受命的。

一到宜州，柳庆就将被暂押大牢的众人无罪释放了。一时，百姓交口称赞。可现在还远不是柳庆高兴的时候，他要官府增派人手，命衙役们昼夜不停地巡逻、查访，气氛很是紧张。柳庆在思索着，推断着。

不几日，一张张匿名告示贴满了宜州的大街小巷。一看便知是盗贼所写：我等共劫胡家，徒侣混杂，终恐泄露，今欲首伏，惧不免诛。若听先首免罪，便欲来告。看来，官府查案的决心和气势起作用了。

柳庆大喜，当即命人在这些匿名告示边上贴上官府的通告，通告上仅有八字，曰：出首免罪，顽抗必惩！

乖乖，仅仅两日，盗贼们个个都来府衙投案自首了，还互相揭发，唯恐迟了不能免罪。第三天，贼首也来自首了，贼首对盗劫胡家一案，供认不讳。

果然无一个是胡家的邻居。

至此，案情真相大白。接着，收缴赃款赃物，完璧归赵。所幸，损失不大。然后，对相关人员量刑定罪。柳庆宽宏大量，只定贼首有罪，游街充军，以儆效尤。对其余人等，一概免罪。众盗贼大呼意外，感激涕零，连连称谢。

柳庆正色道：本官暂对尔等既往不咎，如若再犯，旧账新账一起算，自己掂量掂量！

众盗贼跪伏于地，连说不敢，我们对天发誓，再不会犯事了。大人尽管放心！

柳庆要求胡发拿出失而复得的部分财物，分给先前被冤枉的众乡邻，作为补偿。柳庆了解到，这个胡发一贯为富不仁，欺压乡里，趁这次机会，得让他出点血。柳庆问胡发是否愿意？

愿意愿意，应该的应该的。要没有柳大人，我早成穷光蛋了。胡发连连说道。当日就照办了。

此后，宜州天下太平，再无抢劫偷盗案件发生。百姓人人称善。

这是后话，按下不提，单说某日，柳庆约涂县令茶楼小聚。一番品茗后，柳庆问涂县令：涂大人对此案有无疑惑之处？

涂县令说：既然大人问起，那下官就直言不讳了。柳庆点头。

涂县令说：那些蟊贼平时无恶不作，贼胆包天，可怎么突然就变得那么胆小没用了呢？居然主动贴了那么多匿名告示，一心只想着自首，还争着揭发同伙。

柳庆笑了：看来涂大人还真没参透啊，那些匿名告示哪里是他们写的呀。

涂县令啊地吃了一惊：难道是柳大人所为？

柳庆只管饮茶，笑而不答。

高，实在是高！涂县令恭维道，却又不得不佩服柳庆的手段。

稍顿了一会，柳庆说：敢问涂大人，此茶味道如何？

醇香鲜爽，沁人心脾，绝对是上等好茶。涂县令答道。

怕是酸味更多吧？柳庆微微一笑。

见涂县令一副不明所以的迷惑样，柳庆说道：其实，此前大人心里已说了无数遍，柳庆这家伙怎么运气这么好呢，那些匿名告示偏偏在他来了之后才贴出来呢？要是先撞到我手里，我也照样能破案？

提醒一句，断案不要动不动就对百姓刑讯逼供，他们可是我们的衣食父母啊。说罢，柳庆起身告辞。

县令起也不是，坐也不是，脸上早红一阵白一阵了。

——《杨浦故事报》2024 年 7 月 20 日

◀ 辩　驳

　　江南有二乔，河北甄氏俏。这个甄氏说的就是我。我本名甄洛，原是袁绍之子袁熙的妻子，后邺城被曹氏父子所破，我就成了曹丕之妻。一女当侍一男，这道理我也懂，我也想啊，可在那个时代，我一个弱女子，岂能自我做主，我的命运早被男人掌控了。

　　有了我后，曹丕就想休掉前妻任氏，我极力劝阻，但曹丕哪里肯听。很快，我为曹丕生了一子一女，享受了一段幸福时光。没想这幸福竟如此短暂，我很快步了任氏后尘。曹丕称帝后，嫔妃成群，个个年轻貌美，顾盼生辉。我却长曹丕5岁，渐渐色衰。他们在洛阳城卿卿我我，我却独守在邺城旧宫，日日垂泪。曹丕把我扔在了地处边塞的邺城旧宫。这里是我的伤心地，国破家亡皆在此，狠心的他，分明是故意在精神上折磨我啊。

　　可我仍不死心，"想见君颜面，感结伤心脾。念君常苦悲，夜夜不能寐……"我写下这首《塘上行》，我对曹丕的思念之情，苍天可见。他也是个诗人，定能领会，从而想起我来，让我回到洛阳他的身边，侍奉他一辈子，并照顾好我们的孩子。

他果真想起了我，却是要我的命来了！他派使者来邺城，逼我喝下毒酒。这是何道理啊？！我不甘心，问使者。使者说：皇上知你会问，皇上说，谁知道你日日所思的君是谁呢。

情已至此，我不想争辩，也无法争辩，我含泪喝下了毒酒。

原想死了也好，一了百了。可未曾想到，我死后，人们还不放过我。

说当年曹操曹丕父子见我"惠而有色"，都爱上了我。曹操曾说：破贼，正为奴。还在铜雀台大宴宾客，并作诗，乃以诗为媒，想纳我为妾。后终接受崔琰的建议，将我嫁给了曹丕，曹植呢，则娶了崔琰的侄女。

真是荒唐。彼时的曹操，胸怀大业，广纳贤才，力争民心，岂能与儿子争女，为天下人耻笑？

又说我和曹植互相爱慕，并言之凿凿，有据为证：曹植的《洛神赋》。还有，为何曹丕要加害曹植，逼他写那"七步诗"？曹植在诗中所说的"本是同根生，相煎何太急"，正是兄弟俩同争甄洛之意。更有甚者，把我的《塘上行》也当作了罪证：诗中，我日思夜想的"君"不是曹丕，而是曹植。这也正是曹丕见了此诗后，龙颜大怒，立即赐死甄洛之故。

这出所谓违背伦理的叔嫂恋、四角恋，一直让后人疯狂，直至今日，仍津津乐道。

初闻，我目瞪口呆，欲哭无泪，真是太有想象力了。在此，我要争辩一番，还我清白。

我长曹植10岁。当年，我被曹丕从邺城带至洛阳，见到了曹植，他才13岁，情窦未开，根本不懂男女之情，哪有后人所说的"二人一见钟情，从此情丝再也剪不断"？

名篇《洛神赋》确是曹植所作，但其实，篇名是魏明帝曹睿（即我儿）后来所改，它本名《感甄赋》。或许你会说，当然要改啦，先前的篇名太直白，曹植感念甄洛小叔感念嫂嫂，皇帝自然要掩盖自己母亲的感情出轨。你会说，这是欲盖弥彰。

你又错了！曹睿改写篇名，只是觉得原名不好，没有很好地传达文章之深意。文中的洛神，乃传说中伏羲氏的女儿宓妃，根本不是我，我哪有这等福气啊。其实，此甄非甄洛之甄，乃甄城之甄。写《感甄赋》的前一年（黄初二年），曹植被曹丕贬为甄城侯，曹植感伤至极，遂作《感甄赋》。所谓感甄者，所感的不是与甄洛的感情，而是对自己这个甄城侯兄弟不和、怀才不遇的感慨。曹丕曹植的恩怨，也委实是皇室内部最为常见的权力之争。所谓的曹植甄洛叔嫂恋，完全是后人附会臆想之物。所为何来啊！

自古红颜多薄命，此言甚是。我算是深刻领教了。

恳请大家放过甄洛，放过这个连自己命运都无法掌握的弱女子吧。

对了，也恳请大家放过苏妲己、杨贵妃、潘金莲她们，这也是我在写这篇辩驳文章前，她们托付于我的。

第四辑 隋唐演义

隋唐英雄美名传，帝王也是不一般，太宗还有武则天，爱情故事很浪漫。

◀ 斗　酒
·····················

说的是隋末唐初的王绩。

王绩性情旷达，嗜酒如命，其为官、作诗，皆与酒有关。

王绩自幼好学，博闻强记，前提是有酒喝，无酒，则学无动力，亦无记忆。什么狗屁毛病，这不有辱斯文吗？父、兄皆恼火，却又无可奈何。

第一份官职，是扬州六合县丞，辅佐县令。王绩却把嗜酒这喜好带入了官场，餐餐皆饮酒，无酒无力，无酒无脑，终因饮酒误事，遭弹劾，被解职。有乡人问他，因酒丢官，悔否？面露讥色。王绩答曰：夫凤不憎山栖，龙不羞泥蟠，君子不苟洁以罹患，不避秽而养精也。在王绩看来，官也当了，酒也没少喝，何来悔意？

隋末，世乱，王绩遂归隐田园，过了几年神仙般逍遥快活的日子。

唐武德初，朝廷征召前朝官员，王绩以原官待诏门下省，随时听候皇帝的诏令，授予官职。按惯例，在门下省当差，每天可饮酒三升。王绩乐不可支，有人问他：待诏有何乐趣呢？他说：日日有好酒作伴，真是爽歪歪啊！可待诏了几日，王绩便不高兴了，为啥？一日三升酒，喝不过瘾啊。侍中陈叔达知道后，此人有意思啊，那就满足他吧，遂给王绩开小灶，每天给他一斗酒，时人都称王绩为"斗酒学士"。王绩自谓可饮五斗不醉，自诩为"五斗先生"。要是每天有五斗酒喝，那就酷毙了。嘿，这个王绩。

王绩的友人、刺史杜之松闻其大名，请他讲授礼仪，却遭到断然拒绝。"吾不能揖让邦君门，谈糟粕，弃醇醪也。"王绩说他不愿去官府应酬，谈论糟粕，抛弃美酒。不几年，王绩又因病辞官。这个王绩，还真让人难以捉摸。

至贞观初，太乐署史焦革善酿酒，美酒飘香，数里可闻。王绩天天流口水，觉也睡不着了，好不容易迷糊睡去，就做梦，梦里，身子周围摆满酒坛，足有几十坛，却怎么也够不着，喝不上。真个急死人也！王绩遂主动出仕，想出任太乐丞，好到焦革手下当差，喝上美酒，终遂人愿。那段日子，王绩天天红光满面，赛过活神仙。可好景不长，焦氏夫妇相继去世，再无好酒供应，王绩捶胸顿足，仰天呼号："天不使我酣美酒邪？"于是弃官还乡，隐居于家乡山西东皋村。王绩自号"东皋子"。

回乡后，王绩把焦革制酒的方法撰为《酒经》一卷；又四处收集杜康等善于酿酒者的经验，写成《酒谱》一卷。还在东皋村，为杜康建造祠庙，并把馈赠过美酒的焦革也供进庙中，尊之为师，撰《祭杜康新庙文》，以为纪念。他还在自家田地上，让人种了黍子，以酿酒自乐，又饲养野鸭，作为下酒之资，还种植药草自供。

一得空闲，王绩便饮酒，常常一人，自斟自饮，或弹琴助兴，弹《广陵散》，或作诗添趣，吟"位大招讥嫌，禄极生祸殃"，好不快活。王绩肆意纵酒，放情山水，如此，便灵感降至，文思泉涌，吟诗作赋几一挥而就。其《醉乡记》《酒赋》《独酌》《醉后》等诗文，就是这样完成的。

做了隐士的王绩，却不大像个真隐士。但凡有人以酒相邀，不管对方身份贵贱，路途远近，他无不乐往。乡人损他，他不以为意，说出家人里，也有大块吃肉大碗喝酒的，"酒肉穿肠过，佛在心中留"就是了。王绩喝酒总有自己的理由。

听说老家附近有一怪人，名叫于光。此君无家室，"非其力不食"，自力更生，自给自足，独居茅草屋三十载，日日饮酒。王绩动了心，想与之结交，便主动前往拜访，虽连吃闭门羹，却不退缩。终进了屋，得以对饮。不承想，这于光是个哑巴，不会交谈，两人对酌时，默默无言，只管饮酒，心情却十分舒畅。几回过后，王绩觉得不过瘾，也不管人家愿不愿意，把自己的家搬了过去，和他同居了。虽不能相谈，两人倒渐渐心有灵犀，有时还能合作吟唱哩。

贞观十八年（644），王绩病卒于家中，生前已自撰墓志铭，如同陶潜，生前作了《自祭文》。王绩特意交代家人，每年清明，务必给他备足美酒。在那边生活，啥都可少，唯独美酒不能缺。

——《小小说大世界》2016 年 2 期、《传奇故事选刊》转载

◀ 顺 君

竟然弃我而去，蜀王也不当啦，你傻不傻啊？证实宇文士及已假借出外督催粮草，投奔李渊而去时，宇文化及很为弟弟的这个举动费解。那时，宇文化及缢杀隋炀帝，自立为帝，势力如日中天，趋之者若鹜。后宇文化及兵败，被窦建德擒杀。临死前，宇文化及后悔不已，早知今日，不如当初和弟弟一起投奔李渊。此是后话，按下不表。

且说宇文士及来到李渊营帐，李渊大喜过望，如今正是你我建功立业的大好时机，你来了，真乃如虎添翼也！李渊拉着宇文士及的手，久久不舍分开。继而设宴，二人推杯换盏，从日升喝到日落，仍不过瘾，继续喝，从日落喝到日升。

说起来，早在隋文帝时，宇文士及就是李渊的部下，有事没事总爱到李府溜达。后天下大乱，宇文士及就劝说李渊起兵，还常派家童携巨资资助李渊。李渊甚是欣慰，叫士及的家童传话，我李渊吃肉，就不会让士及喝汤。

李渊称帝后，立宇文士及的妹妹为昭仪。宇文士及却主动追随秦王李世民，辅佐秦王平定了宋金刚、王世充和窦建德，成了李世民的得力亲信，并很快当上了李世民的妹夫——他娶了李世民的一个妹妹为妻。

李世民做了皇帝后，索性授其官殿中监，让宇文士及负责自己的饮食起居。宇文士及干得很认真，连皇帝给他的休息日都不要，时刻不离左右。偶尔回家，妻子问他整天跟皇上一起腻烦不？都聊些啥？宇文士及说，非但不腻烦，还很开心。至于都聊啥了，对不起，无可奉告！妻子再问，他一扭身走开了，再不理人。

李世民很满意，常常当着众臣的面夸奖宇文士及。

但有一人很不满意。谁？魏征。这个魏征，经常不给李世民面子，在这问题上，他依然不给李世民面子。魏征说宇文士及是个投机分子，在先朝就是，现在又把皇上的马屁拍得很舒服了。皇上您可要当心啊。

每次出去游玩，李世民都把宇文士及带在身边。有次，玩得累了，众人在一棵树下休憩。李世民说，这是一棵好树啊。宇文士及忙应和道，是的是的，皇上说得对极了，这确是一棵好树，而且是一棵空前绝后的好树。李世民看着宇文士及那一本正经的样子，突然觉得有些厌恶，说，魏征常常劝谏朕要远离那些巧言谄媚的小人，看来你就是这样的人啊。众人大惊。宇文士及闻言，立马叩头谢罪，然后从容地说道，大臣们常在朝堂上指责皇上的过失，有时甚至很过分，皇上虽然很大度，但也没少生气。我有幸侍奉皇上，就想努力顺着皇上，让皇上开心，否则皇上身为一国之君，还有什么乐趣呢？李世民听了，不住地点头，转忧为喜，心里更喜欢宇文士及几分了。

有阵子，李世民提倡节俭。宇文士及就狠狠减了李世民的菜单，把那些山珍海味啥的都给撤了。李世民不恼不怒，不责不骂，大家就齐赞李世民乃旷世明主，亘古未有。宇文士及也积极响应，说他此后会痛改前非，节俭行事，就是饭粒掉到桌缝里，他也要用针给抠出来。吹牛都不打草稿。魏征闻听后，眉头拧成了疙瘩。众大臣也等着看他的笑话。

这天，李世民举行宴会，宇文士及在一旁侍宴。李世民命他割肉，宇文士及欣然领命，很快就忘乎所以了，一边割肉，一边下意识地拿起一张饼来擦拭手上的肉末和油腥。众人看呆了，魏征更是一副冷笑的表情，李世民也不高兴了，刚前几天还信誓旦旦地说响应朕节俭的号召呢，现在却拿饼当手帕用，太奢侈了太浪费了。魏征正想上前戳穿，李世民正想责骂，但见宇文士及表情淡定，不慌不忙，看看左手，又看看右手，确信两手已不再沾有肉末和油腥，接着把那个饼塞进嘴里，大口大口地嚼着，边嚼边说，味道好极了。还故意走到魏征边上，问，要不魏大人也来尝尝？魏征气得脸都扭曲了，但当着李世民的面，却又不好发作。李世民看着，忍不住笑了起来。有他在，朕还真是开心多了，李世民心里越发喜欢宇文士及了。同时，忍不住又多看了魏征几眼。

后宇文士及病重，李世民每日前往看望，抚其手，每每伤心不已，黯然泪下。贞观十六年，宇文士及病逝，李世民罢朝数日，以为哀思。

翌年，魏征过世，李世民竟亲手毁其碑文。

——《小小说大世界》2014 年第 9 期

◀ 释　放

一匹爱马突然暴毙，李世民迁怒于养马人，要将他处斩。

皇上先别急，且先容我说个历史故事吧。见李世民怒气冲冲的样子，长孙皇后劝慰道。

古时齐景公的坐骑死了，一怒之下，也说要将养马人处斩。晏子责备养马人说，你罪孽深重啊，至少有三。第一，你把大王的爱马养死，有罪啊；第二，你让大王生气而杀人，大王因此背上不仁之名；第三，你如此毁坏大王的名声，其他国家非但会看不起大王，还会看不起咱们的国家。你真是该死啊你！要不要告诉齐景公听后的感受啊？长孙皇后微笑地看着李世民。李世民早红了脸：这故事朕知道啊，怎么给忘了呢，朕知道该怎么做了。

养马人逃过一劫，把感恩之心全投入到了养马之事中，任你鸡蛋里挑骨头，也找不出丁点儿毛病来。

想当初，尉迟敬德乃对手刘武周的偏将，勇猛无比，刘武周兵败后，他与寻相降了李唐，殊不知寻相又叛唐，李世民的部下都主张把尉迟敬德一并杀了，以绝后患。李世民力排众议，将他释放，并与之倾心交谈，终使尉迟敬德死心塌地跟随李世民。后在玄武门之变中，尉迟敬德射杀李元吉，又诚请李渊立李世民为太子，功劳甚大。

魏征也是。本是太子李建成谋士，帮李建成谋划如何加害李世民，玄武门之变后，李世民不计前嫌，重用魏征。魏征敢于直言进谏，让李世民少犯了不少君王之过。

每每想起此二人，李世民就庆幸不已，幸得当初未害其命。放人是为了归心啊。

贞观六年，李世民按例去大理寺核准死刑犯。

怎么这么多，竟然有390个！朕清楚得记得，前几年都不足50人啊。仔细问询大理寺众卿，按律断案，毫无差池。再问死刑犯，竟无一喊冤者。可李世民仍高兴不起来，一遍遍翻阅着案宗，突然一个熟悉的名字跳入眼帘：徐福林。

一个月前，李世民到民间体察民情，来到一个叫徐家庄的村子时，偶然发现一块地里只有一对老人在耕作，汗流浃背，气喘如牛。田塍上一五六岁大的小孩在不停地哭泣，看着令人生疼。问后方知，孩子的父亲因家贫，生活难以为继，就铤而走险，抢劫杀人，被判了死刑。孩子的母亲伤心过度，撒手人寰。好好的一家子遂沦落至此。回到长安后，李世民仍难以释怀。没想今日，竟与这徐福林在案宗上"见面"。李世民哀叹不已，再问大理寺卿戴胄，很多死刑犯的家境和徐福林相仿，有些甚至更加艰难。

一个大胆的念头在李世民脑海闪过。

召集后，李世民对面前的 390 名死刑犯，大声说道：朕今日与尔等来个约定。朕决定即刻放尔等回家，和家人团聚，为期一年。但尔等须遵守承诺，明年今日，也就是明年的九月初四，回到此处，执行死刑。尔等以为如何？

一旁的戴胄听呆了，极力阻止道：皇上万万不可，此等死刑犯，杀人越货，哪有诚信可言？皇上这不等于放虎归山吗？遗患无穷啊！请皇上三思！

李世民却道：你多虑了。

那 390 名死刑犯，开始也都以为自己耳朵出毛病了，听明白后，兴奋不已，欢呼不止，而后齐刷刷跪下，三呼万岁后，道：请皇上相信，明年的今日，我们会悉数回来受刑，一个也不会少！

真是闻所未闻啊，此事迅速传遍了整个大唐。百姓皆赞皇上仁义，但也不无担心，这些死刑犯，真会信守诺言，按期归来吗？

奇迹发生：到贞观七年的九月初四止，那 390 名死刑犯陆陆续续地从全国各地，全部归来，一个不少！

大哉，朕之臣民！伟哉，朕之百姓！李世民泪花闪闪，感动极了，大声道：朕决定，免除尔等死罪，尔等 390 人，今日即可回家。但死罪可免，活罪难逃，各打二十大板！

竟有此等美事！下面早已成了欢腾的海洋。

据闻，死刑犯所在的地方，此后的治安较之以往，有很大的好转。

此事后，李世民下了圣谕，在判处死刑案件时，要在两日内进行五复奏——在判决前两日和前一日上奏两次，行刑之日再上奏三次。

后李世民又释放了上千宫女，令其回家，过正常人的生活。

◀ 排　挤

　　李隆基想封赏朔方节度使牛仙客。宰相张九龄以为不妥，私下对李林甫说：封赏得给予那些对国家有大功之人才是啊，牛仙客只不过让边庭暂时无患而已，此乃其本分。李林甫表示赞同。谁知，朝堂上，张九龄据理力争时，李林甫一言不发。退朝后，李林甫暗暗指示牛仙客在朝堂上该如此这般。

　　翌日，当着李隆基和众议事大臣的面，牛仙客声泪俱下，很是委屈，准备辞职。李隆基好生劝留，张九龄却说：别假惺惺了，辞就辞呗，离开了你，地球会转得更好。弄得李隆基很没面子，索性欲提牛仙客为相。张九龄固谏如初，还说牛乃一介武夫，为相有负众望。我看未必，牛仙客有宰相之才，皇上是慧眼识珠。李林甫的说法，得到不少大臣的附和。张九龄不顾礼仪，拂袖而去。

　　再想想那事，李隆基内心越发疏远张九龄，接近李林甫了。

　　一个月前，巡游洛阳后，李隆基就想着即刻返回长安。宰相张九龄却说不可，如今正是三秋农忙时节，皇上若此时返驾，势必影响沿途的农事，冬天再返长安不迟。李隆基心里不悦，却也只好作罢。李林甫假装脚痛，故意落在众臣后边，见四周无人，便对李隆基说：张大人真是为臣不臣。皇上回不回长安，竟不能自己做主了。退一万步说，假使真会妨碍农事，皇上下旨免除所经之地的租赋不就得了。李爱卿甚得朕心哪！李隆基龙颜大悦，即驾而西。

李林甫家中有一专用厅堂，状如弯月，故名月堂。每有要紧事，李林甫必入月堂，苦思冥想。若出月堂后，眉头舒展，必有主意了。

时中书侍郎严挺之与张九龄交好。严之前妻已改嫁蔚州刺史王元琰，元琰因贪赃枉法，犯事坐牢。经不住前妻的苦劝，又念夫妻旧情，严挺之极力设法营救，自然没少往张府跑。李林甫早派人严密监视，时机成熟后，就密奏李隆基。皇上一生气，严挺之就被贬为地方刺史了。先前，张九龄极力为严挺之辩解，李隆基不为所动，道：卿不知，虽离之，亦却有私。张九龄不便再言，只好转托另一宰相裴耀卿代救严挺之。这正中李林甫下怀，李趁机进言，说张裴乃朋党，势力极大。李隆基遂罢了二人的宰相之职。李林甫趁机极力推荐牛仙客，李隆基允。牛仙客就成了牛宰相，牛宰相自然成了李林甫的死党，为李愿肝脑涂地。

过了一段时间，李隆基忽然想起了严挺之，不知他现在境遇如何。李林甫自告奋勇，即刻派人前往调查。

你哥本是京官，因受奸人陷害，沦落地方久矣，于心不忍啊。想必你哥也很想回京城吧？李林甫对严挺之的弟弟说，满脸愧惜、同情状，还不时地擦拭眼角。

我哥无时不想回京侍奉大人和皇上啊。只是不知如何能回？

我自有办法。李林甫胸有成竹。

严挺之的弟弟大为感动，称谢道：相爷的大恩大德，严家没齿不忘！

按照李林甫的意思，严挺之当日就给李隆基写了一封信，交由李林甫送达。信中严挺之诈称自己病重，望皇上能开恩，许其来京治病。

皇上求贤若渴，苍天可见！可惜严挺之已身患重病，还是传染病。严挺之没这个造化了，可惜啊可惜。李林甫嗟叹不已。

李隆基叹了口气，沉默了一会儿，又问：那卢绚呢？

皇上问的可是兵部侍郎卢绚？

正是。朕觉得此人不错，乃可造之才。

皇上只说对了一半。

此话怎讲？李隆基问。

可能以前是，现在不是了。李林甫答道。此人犯事了，臣几日前刚查到的。

啊？他犯了何事？现在何处？李隆基急切地问道。

已被贬为华州刺史。犯事之事，臣觉得皇上不必知晓为好，知晓了只会伤皇上的心哪。

李隆基又叹了口气，从此再未提起严卢二人。

几天前，李隆基在勤政楼眺望，见一人骑马经过，气宇轩昂，不同凡响。李隆基越看越喜欢。陪同的李林甫看得真切，表面装得同皇上一样的欢喜，内心却甚是忧虑。

此人正是兵部侍郎卢绚。

——《小小说大世界》2015 年 7 期

◄ 爱 情

大唐开元年间，冬季，西北边陲，某戍边营地。

战士们今天特别开心，他们收到了都城长安运来的冬装，还是皇帝让年轻的宫女们亲手缝制的呢。大家就觉得特别温暖，仿佛寒冬已经过去，暖春业已来临。冬衣发下去了，人人有份，个个欢喜，有个战士更是兴奋得手舞足蹈，大喊大叫。

原来，他的冬衣口袋里竟然藏有一首诗。诗云：

沙场征戍客，寒苦若未眠。战袍经手作，知落为谁边？

蓄意多添线，含情更著绵。今生已过也，重结后身缘。

得到此衣的小伙子，你愿做我的郎君吗？此生不行，就是下辈子也行啊。这分明是一首情诗。思春的缝衣姑娘以这种特殊方式，追寻自己的如意郎君，情深深意绵绵。

这个幸福的小伙子还真没女朋友，也没婚约。小伙子岂能不激动万分？如此机会，岂可错过？

好事啊，咱们这些可爱的战士们，太需要爱情的滋润了。主帅闻讯，大喜，却也不敢擅自做主，遂修书一封，夹带那首情诗，加急传往长安城。至于能否找到茫茫宫女中的那一位，那只能看天意了。

正沉浸于和杨玉环美妙爱情的唐玄宗李隆基龙颜大悦，手拿信封，亲往后宫查寻。

声情并茂地念了那首诗后，李隆基问道：是谁写的这首情诗，站出来承认就是了。

众宫女都低头跪着，谁也不敢搭话。缝衣就缝衣呗，干吗还多此一举，弄出这么大的动静，惹怒了皇帝，那可是掉脑袋的事儿。别看此刻，皇帝笑容可掬的，谁晓得他葫芦里卖的什么药。哪个皇帝不喜怒无常，一会儿风，一会儿雨的。

李隆基笑意盈盈，道：这首诗写得真好。朕知你意，朕非但不会怪罪，朕还会成全你。究竟哪位写的？快站出来啊。

又等了一会，终于有人站起，诚惶诚恐道：是奴婢写的，奴婢知罪。

你叫什么名字？抬起头来。

回皇上，奴婢叫何兴梅。姑娘战战兢兢地抬起了头，只瞥了李隆基一眼，就慌乱地低下了头。

李隆基一看，姑娘好漂亮，要身材有身材，要模样有模样，竟一时呆住了。见皇帝突然不说话了，宫女们更害怕了，屏气凝神，汗不敢出。

李隆基终于回过神来，上前，道：你很有想象力，这个创意很好，这诗也写得很好。咱大唐人人会写诗，真乃诗之国度也。好，朕这就成全你的爱情。

众宫女这才相信，人间最美好最浪漫的爱情真的降临了。一时对何兴梅满是羡慕妒恨。

期间，有一貌美如花的宫女嘴巴张了好几回，似有话说，却终究没有。

当日，李隆基就下了一道圣谕，命西北边陲的那位幸福战士，即刻来京，收获爱情。

一个月后，两人在家乡举行了隆重的婚礼。从此，这对新人在老家过上了幸福的生活。

杨贵妃听闻此事后，也是感动得一塌糊涂。据说，李隆基还专为此事创作了一首青春舞曲，表演者自然是他最爱的杨贵妃了。

只是不知，那位欲言又止的姑娘所为何事，难道她才是那首情诗的真正作者？胆小怯懦的她眼睁睁地看着自己一生的幸福，被人硬生生地给抢走了？！

——《小小说大世界》2018 年 11 期

◀ 心　理

公元 758 年的瑟瑟秋风里，一条小路自相州蜿蜒通往长安，一个孤独的背影渐行渐远。

相州之役，大唐九镇节度使领兵 60 万，围攻被安庆绪占领的相州，竟被驰援的史思明 5 万精兵打败。军队统帅观军容宣慰使、大太监鱼朝恩推脱责任，加罪于郭子仪，郭子仪不辩解不叫屈，二话没说，脱下军装，独自一人回京去了。

唐军在鱼朝恩的指挥下，败绩继续。史思明再陷河洛，西戎逼据长安。身心俱疲的唐肃宗李亨一病不起，先前的那些宠臣爱卿却不知跑哪去了，难得一见。李亨感佩在怀，不禁黯然泪下。忽报郭子仪求见，恳请披挂上阵，再赴战场。李亨大喜，便封他为兵马都统，率军收复河山。郭子仪还忙里偷闲地来拜见李亨。李亨问不在前线，何故前来？郭子仪说："老臣受命，将死于外，不见陛下，死不瞑目！"李亨感动极了，哭得像个孩子："要不是国危至此，真不想让你走啊。"

李亨死后，李豫继位，是为唐代宗。很快安史之乱平定，李豫担心郭子仪功高盖主，听信亲信宦官程元振的谗言，剥夺了郭子仪的兵权。郭子仪不辩解不叫屈，把肃宗生前赐给他的千余篇诏书、赐命统统上交，一件不留，还二话不说，高高兴兴地领命监修肃宗陵墓去了。

李豫对程元振说，这个郭子仪哪有你说得那么危险啊。程元振嘴巴动了好几下，终究说不出一句辩解的话来。

肃宗陵墓一造好，代宗就一纸诏令，把郭子仪召回到身边。鱼朝恩大惊，不说之前和郭的矛盾，就在郭子仪监修肃宗陵墓之时，我还派人挖了郭父的坟墓。他岂不是要找我算账来了？鱼朝恩越想越慌，就邀请郭子仪同游章敬寺，相机行动。家人纷纷劝说郭子仪去不得，此乃鸿门宴，凶多吉少啊。即便要去，也非得带上卫队不可。没想郭子仪不为所动，只带了几个家童前往。见得鱼朝恩，郭子仪乐呵呵地说，外面疯传你今天要加害我啊，我可不信，带了没几人，免得你动手时麻烦。说得鱼朝恩羞愧不已，休要听人胡说，我爱你还来不及呢，哪能害你呢。期间，郭子仪只字未提及鱼朝恩挖其祖坟之事。后，连代宗都看不下去了，问为何不责难鱼朝恩。郭子仪说，此乃臣之家事，小事而已，关乎陛下江山社稷之事才是大事。代宗听了，感动不已。

死在鱼朝恩手上的大臣良将无数，郭子仪却安然无恙。这是后话。

可仍有不少人告郭子仪谋反。听多了，代宗也不免担心，就有事没事地经常诏令郭子仪从军中来长安。郭子仪呢，不管身在何处，事有多忙，即刻动身，"朝闻命，夕引道"，不带一兵一卒，以最快速度，从最近距离，独自一人跑到代宗身边来了。代宗一看，乐了，这个老郭啊，脸没洗，胡子也没刮，就问，累坏了吧？都怪我，老是要你往我身边跑。我也不能让你白跑啊。代宗就每次赏给郭子仪很多慰劳金。后来一算，代宗自己都不乐意了，这老家伙已经骗了朕不少钱财了啦。郭子仪往返长安的次数就越来越少了，同时减少的还有有关他谋反的小报告。

郭子仪 70 大寿，族人都来拜寿，只有他的六儿媳升平公主没到。儿子郭暧气愤之下打了代宗的这个女儿。郭子仪立马就停了自己的寿辰，带着儿子向代宗请罪。代宗对郭子仪说："儿女闺房琐事，何必计较，你我就当作不知道这事算了。"郭子仪谢过皇恩，回家把儿子痛打了一顿。代宗知道后，狠狠地夸了郭子仪好一阵。

郭子仪告老还乡后，不但求田问舍，家里奇货可居，还姬妾成群，日日嬉戏其间。郭家宅院每天门户大开，任人进出。有客来访，郭子仪非但无所忌讳地请客人入内室，还命姬妾们伺候左右。怎么说咱郭家人也是个个都有身份的，这多少有损咱郭家的脸面啊。哪个官宦人家不是门禁森严的？每每儿子们问起，年近八旬的郭子仪均笑而不答。

但也有例外。一次，御史中丞卢杞前来拜访。郭子仪即令左右姬妾全退入后堂，自己独自接待。卢杞走后，家人问何故。郭子仪捋了捋花白的胡须，说，这位卢大人铁青宽短脸，扁平朝天鼻，眼小嘴大，相貌奇丑，人称活鬼。你们看到了，肯定要笑他，他呢，必定会怀恨在心，将来就要加害我们了。后来，卢杞做了丞相，为非作歹，害人无数，郭家却无灾无难。

公元781年，郭子仪辞世，享年85岁。唐德宗悲痛不已，罢朝五日，加以追念。又特下诏加高郭墓10尺，以示尊崇。送葬那天，德宗还屈尊亲自前往哭灵送行。

——《滕州日报》2023年2月8日

◀ 禁　令

....

武则天见李治常常暗中去看望萧淑妃，很是不爽，就令心腹将萧淑妃的手脚砍掉，扔进酒瓮中，名曰"骨醉"。萧淑妃临死前，说：我来世定要投胎做猫，让武则天托生为鼠，我这只猫一定要咬死她那只鼠，报仇雪恨！武则天听闻后，惊骇不已，接连数月，睡不好觉，常在噩梦中被猫追咬，吓至醒来，冷汗淋漓。

武则天下令宫中永不许养猫。

当上皇帝后，武则天更是信起佛来，下圣谕禁止全国屠宰。可上有政策，下有对策，仍有不少违禁之事传至武则天耳边。

有次，洛阳定鼎门外，有辆运草车不慎翻倒，露出了藏匿草料中的两只被宰杀的羊。车主许是怕了，早逃之夭夭。御史彭先觉详查后，认定负责执法的刘缅有失职之过，按律杖责。没想武则天如此批示：杖责不必执行，将没收的羊肉全部赐予刘缅，务必于当日全部吃掉，不许找人代吃。刘缅狠命吃了一天的羊肉，此后，哪怕见到活羊，也想吐。至于那车主是谁，压根儿就没派人去查过。

大臣张德老年得子，兴奋难耐，就设家宴，邀请亲朋好友前来祝贺。为显诚意，偷宰一羊——全是素菜说不过去啊。大家心照不宣，只管大快朵颐，毕竟，此时还能吃到如此鲜美的荤菜，太难得了。却偏有例外者，一个叫杜肃的，居然偷偷怀揣一块羊肉，将其带出，直奔武则天处，告密去了。

第二天上朝，武则天问张德：听说你得了个儿子，朕很为你高兴啊。张德赶紧跪谢。

朕听说你还大摆家宴，遍邀四方啊。武则天话锋一转，道，朕还听说你家宴上有羊肉吃，此事当真否？

臣……臣罪该万死，请陛下责罚！张德跪伏于地，吓得浑身发抖。众臣皆惊，吃过张德家羊肉的大臣更是怕得不行。一旁的杜肃则是满脸的幸灾乐祸。

哈哈哈……接着却听到了武则天的笑声，武则天说：朕禁屠宰，红白喜事除外；你喜得贵子，理当请客，可是没选对人哪。武则天居然当众把杜肃的举报折子拿了出来，让众臣传阅了一遍。

真是大出意料！再看杜肃，脸早红得赛关公了。

自禁屠宰后，监察御史娄师德奉命四处督查。地方官自然不敢怠慢，每每挑本地最好的饭馆，好酒好菜伺候。娄师德一一笑纳。有次，餐桌上出现了一盘羊肉。娄师德脸一沉，道：圣上下旨禁屠宰，难道你们不知道吗？陪同的知州道：下官当然知道，可这菜不违反啊。此话怎讲？娄师德皱了眉头。是豺狼咬死的羊，不是咱们的错。呵呵。娄师德闻言，笑了：嗯，有道理。就带头吃起了羊肉。一会儿，又上了一条鱼。娄师德问鱼从何来。知州回道：鱼也是被豺狼咬死的。娄师德一听，厉声道：胡说！难道豺狼会潜水不成？知州吓得冷汗直流，一时不知如何作答。娄师德又和颜悦色道：你怎么连撒谎都不会呢？你应该说鱼是被水獭咬死的。知州点头如鸡啄米：下官愚钝，大人指点的是。见娄师德又带头吃起了鱼，知州他们才稍安下心，陪着吃喝起来，却心有疙瘩，拘束着，始终放不开。娄师德笑道：放心，尽管吃就是了。你们没听过京城张德家宴吃羊肉的事？不知道？好，那我就好好给你们说说……还有什么荤菜啊，尽管上来。好，我吩咐下人杀狗去。众人大笑，宾主尽欢。

此事传至，武则天一笑了之。

民间，暗中屠宰之事越来越多，后来，公开屠宰亦成司空见惯了。武则天常不予理睬。渐渐地，此类奏折也越来越少。

圣谕下了，却不严格执行。犯事了，也不严惩，岂不成了一纸空文？众人很是不解。

有何不解的？有人道，如今酷吏当道，杀人如麻。我等宰杀鸡羊，能算啥呀。圣上禁屠宰，乃为显其仁慈之心，圣谕既下，仁慈即显。至于执行之事，乃另一事矣。执与不执，严与不严，惩与不惩，全是下面之事，圣上已无责任，也非圣上关心之事矣。再说，一年到头，不让百姓吃肉沾荤，能算仁乎？

——《小小说大世界》2015 年 3 期

◀ 心　机

令狐绹任兵部侍郎时，有次和众臣随唐宣宗李忱出游。大家兴致很浓，突然，"噗"的一下，声音很响，紧接着一阵恶臭飘入众人鼻腔。

哪个该死的放屁？真是大煞风景！人人都在心里诅咒着。说起来，屁乃体内之气，岂有不放之理？若大家装聋作哑，这事也就过去了。但皇帝不知哪根筋搭错了，偏偏大声责问众人是谁放的如此既响且臭的屁。

众臣面面相觑，不知如何回答。

对不起，是我放的。令狐绹站出队列，大声说道。

这不是自讨没趣嘛。想皇帝定会龙颜大怒，众人都不敢抬头，各有心思，有担心的，有幸灾乐祸的，有等着看笑话的。

令狐绹，这屁明明是朕放的，你为何占为己有啊。你知罪吗？李忱正色道。

众臣皆惊，没想到皇帝会主动承认。令狐绹赶紧跪下，嘴里却说：回陛下，微臣不知。

众人大骇。这令狐绹真是不要命了。

你倒是说说为何不知？李忱表情严肃。

确是陛下放的，但我觉得陛下的屁乃圣屁，金贵，就先大家把它吸入自己身体，然后再放出。所以我说屁是我放的。令狐绹如是说道。当时，他离李忱最近。

你为何这么做？太自私了吧？李忱的脸色舒缓了些。

不是，我这么做正是为了大家。

此话怎讲？李忱来了兴致。

当时斜风吹来，我要不是先吸入体内，陛下的屁就要被风吹走了，众人也就无法享受。我这么做，恰恰是为了让大家同享陛下带来的快乐和幸福啊。

原来如此。李忱大笑，你也给朕带来快乐了，哈哈哈……

众人也跟着笑。但内涵多样，开心羡慕嫉妒恨都有。

令狐绹很快升为宰相，一当就是近十年，直至李忱归天。

此前，令狐绹和李商隐、温庭筠私交甚好，三人常一起聚会，饮酒品茗，吟诗作赋。二位仁兄的水平的确在我之上啊，我得加把劲跟上才是。令狐绹常这样说，说得很认真，也很真诚。

温庭筠习性不改，常出入相府，逮机会和令狐绹谈论诗词歌赋。

有次，李忱诗兴大发，作了首绝句，里面有"金步摇"一词。金步摇乃妇女的一种金首饰，因人走而摇，故名。李忱一时找不到合适的对仗词，就问温庭筠和令狐绹。当令狐绹还在苦思冥想、手足无措时，温庭筠即以"玉条脱"对之。玉条脱是以玉为材质的妇女的一种臂饰。太工整了，对得好，对得妙啊！李忱大赞温庭筠。温庭筠满脸得意。

令狐绹却不合时宜地问温庭筠：这玉条脱是啥东西？语出何处？

温庭筠对玉条脱作了一番解释后，道：语出《庄子》第二篇《齐物论》，此书可不是冷僻之书啊，令狐丞相就是公务再忙，也该抽出时间看看书吧？温庭筠一脸不屑。

令狐绹被说得脸红一阵，白一阵。

温庭筠走后，李忱安慰令狐绹道：朕知道，你其实是替朕问他。难为你了，爱卿！

李忱当时的确很想知道这"玉条脱"为何物。

令狐绹霎时热泪奔涌，跪谢道：多谢陛下明了微臣的心思。为了陛下，就是受再多再大的委屈，微臣也不觉得是委屈！

说得李忱眼眶湿湿的。李忱躬身上前，扶起令狐绹。

陛下，温庭筠的为人你也看到了，此人有才无德，当慎用之啊。令狐绹不失时机地补充道。

此后，温庭筠果真长期未得重用。温庭筠伤感不已，作诗云：因知此恨人多积，悔读南华第二篇。（《南华经》即《庄子》）温庭筠越想越气，把当年令狐绹盗用自己所作的《菩萨蛮》献给李忱的事也抖搂了出来。李忱最喜欢《菩萨蛮》词。

两人彻底绝交。

恨屋及乌，令狐绹也很不待见李商隐。当是时也，温李齐名，私交甚笃。

谁让你和那姓温的走那么近呢。令狐绹恨恨地想。

——《小小说大世界》2017 年 8 期、《小小说选刊》2018 年第 3 期转载、《微型小说月报》2018 年第 2 期转载、小小说月刊》2018 年第 7 期下转载、入选《2013 中国小小说年选》

第五辑

两宋风云

有宋一朝，重文轻武，文人轶闻，君臣故事，精彩纷呈，人人爱看。

◀ 揣　摩
....

赵匡胤面见刚从后蜀国归来的细作，问那边情况如何？细作说：还真有情况。孟昶方便的器具乃七宝装饰，精美无比。蜀地美女尽在后宫，我朝绝对没法比。孟昶怕热，建了水晶宫，水晶宫里备鲛绡帐、青玉枕，这家伙铺着冰簟，叠着罗衾，日日燕舞，夜夜逍遥。

说得赵匡胤喉咙痒痒的，喉结一动一动。

细作还说：因花蕊夫人特喜欢牡丹，孟昶就命官民广泛种植，连宫中都辟有牡丹苑，还经常搞牡丹宴，听说还要弄牡丹节呢。那孟昶现正在搞这个牡丹节？赵匡胤问。细作答道：对，正在筹划。赵匡胤大悦，连说好好好。

顿了下，赵匡胤又问：那蜀地百姓反应如何？细作没答话，只是呈上一首诗。赵匡胤接过一看，乐了，说：看来蜀地的百姓早已烦透这个孟昶了，正热切期盼着我们大宋这股清冷的凉风前去呢。此蜀民思吾之来伐也！好，好极了！遂下伐蜀令。

那诗写着：烦暑郁蒸无处避，凉风清冷几时来？这个孟昶呢，则是后蜀的末代皇帝。

很快，宋军摧枯拉朽般地灭了后蜀，并把孟昶、花蕊夫人及美丽宫女押解到东京。不久，孟昶死，赵匡胤就笑纳了花蕊夫人，成为自己的专职生活秘书。花蕊夫人不哭不闹不上吊，默然接受。那些美丽宫女呢，也在大宋的后宫重新上岗，并常常得到赵匡胤的关爱。宫女们觉得现在的生活好幸福。

一日，赵匡胤按例前往后宫视察，以确认关爱的新对象。不想，竟惹了一肚子火。

事情是这样的。赵匡胤看到一宫女在对镜贴花黄，那铜镜背面铸着制造时间：乾德四年铸。赵匡胤当下就傻眼了。我的年号是乾德，今年分明是乾德三年，哪里冒出了个乾德四年？

赵匡胤回到寝宫，即命学富五车的饱学之士陶谷和窦仪去查实。搞不拎清，提头来见！

很快，陶谷和窦仪就把事情弄清楚了。原来当年前蜀皇帝王建暴亡，其子王衍继位后将第二年的年号定为乾德，存世八年。这铜镜确是前蜀所造，没想让后蜀的宫女们带到咱大宋的后宫来了。

赵匡胤听了又是一肚子火，想当初，自己死了多少脑细胞才定下乾德这个年号的，没想却和别人撞车了，撞的还是个亡国之君，晦气不说，必遭世人讥讽、后人耻笑啊。

赵匡胤心想，还是有文化的人好啊，啥都能搞清楚。

再一想，赵匡胤却越发生气了，且越想越气。

皇帝很生气，后果很严重。

使用了那面铜镜的那个美丽宫女首先遭殃，即刻被逐出后宫，直接进了青楼，白送给老鸨的。接着下令，天下印有乾德三年之后字样的东西，统统销毁，永不得见于天日。

陶谷和窦仪呢，各被打了二十大板。谁叫你们啥都晓得，还查得这么清楚。赵匡胤心里恨恨的。

一回头，看见了边上的枢密副使赵普，赵普正看热闹，一副莫测高深的模样。赵匡胤又来气了，就拿起毛笔在赵普的脸上胡乱抹了一通。一个非洲黑人顷刻间诞生。

众臣看了，很想笑，看着一脸怒气的赵匡胤，却又不敢，只能把笑意深埋在心里。赵普呢，站也不是，坐也不是，笑也不是，哭也不是。

好奇特好搞笑的一幅场景哦。

看丈夫带着一脸墨迹回家，赵夫人好生奇怪。听完赵普述说后，赵夫人说皇上也真是的，心情不好就拿大臣开涮。要是让家人、下人们看到了，会笑话的，赶快把脸洗了。

赵普却连连摆手，洗不得洗不得。赵夫人更是诧异。听赵普一番表白后，赵夫人连夸老公聪明绝顶，你真是太有才了，嫁个有才的老公好幸福！说着，就上前去亲赵普。赵普急忙躲开了。赵夫人恍然大悟，对，今天亲不得。

翌日，朝堂上。见赵普仍顶着那张黑脸上朝，赵匡胤开心极了，哈哈大笑。众大臣跟着哈哈大笑。

赵匡胤问赵普为何不把黑脸洗去？

赵普答道：这可是皇上赐予臣的一幅泼墨重彩的后现代主义的帝王杰作呢。换了别人，怕是求之而不得呢，我哪舍得洗去。

众臣又笑。

赵普也笑了。

赵匡胤心如蜜甜，嘴上却说，要是你洗了，朕就治你的罪。你还不服不是？

臣心悦诚服。赵普道。心却惴惴，还好没洗，洗了就糟了。

赵匡胤接着说：好了，赵爱卿，朕命你即刻回家洗脸去！

遵命。赵普领命而去。

下朝后，赵匡胤心情依然很好。看来，还是文人好，文人会揣摩，懂情调，知我意，很给力。

不久，赵普升任宰相。

顺便提一下，乾德那个年号赵匡胤终究还是弃用了。

——《当代小小说》2021 年夏季刊

◀ 伎 俩

　　王钦若任三司使时，有部下跟他说，将奏请皇上减免百姓的钱粮款，他们实在太贫困了，根本负担不起。王钦若当面阻止说这事得谨慎，急不得，却连夜命人核算好这笔款项，翌日，即以他个人名义抢先疏奏宋真宗赵恒，还说这是皇上赢得民心的大好时机。赵恒大喜，即日下令减免钱粮一千多万担，并释放囚犯三千余人。经此事，赵恒对王刮目相看，召为翰林学士。后又授左谏议大夫、枢密使，王钦若位列朝廷重臣。

　　在朝堂上，众臣有事则持笏上奏。总会有和皇帝不一致的时候，有时还惹得皇帝很不开心，甚至龙颜大怒。但王钦若不会。每次上朝，他都怀揣几份事先备好的奏章，遇上赵恒开心的或赞成的，他就拿出，毕恭毕敬地呈上；遇上赵恒不开心的或反对的，他就不动声色，把相应的奏章藏着掖着。所以，王钦若总能让赵恒心情舒畅，龙颜大悦。王钦若很快就坐到了参知政事（副宰相）的位子。

赵恒喜欢舞文弄墨，心情好，或是空闲时，经常要和众臣探讨诸如诗文、典故之类的问题。人总有忘记的时候，可这个王钦若就像是个神人，每次问及，没有答不上来的。不光赵恒称奇，众人也觉不可思议。秘密只有他自己清楚：王钦若买通了负责赵恒日常起居的近臣及侍读，对赵恒每天读什么书，甚至读到书的第几页都了如指掌。你说他能不对答如流吗？

某年春节，东京连降大雪，赵恒以为吉祥，心情大好，诗兴大发，遂召集能吟诗作赋的文臣搞了个诗会，王钦若也在其中。诗会上，赵恒作了首诗《喜雪》，并高声朗读了一遍，众臣皆称善。赵恒很是得意。

会后，晁迥对王钦若说，皇上的《喜雪》诗有一句用错韵了……王钦若一琢磨，这个晁迥说得对啊，皇上还真用错韵了，咋办呢？王钦若晃了晃小脑袋，摸了摸脖子后的那块肉疙瘩，就有了主意。他把晁迥拉到偏僻处，问可还有他人知晓此事，得到否定后，他很认真地对晁迥说道，晁大人啊，这事千万不可再让第三人晓得了，要是传到皇上那儿，皇上必龙颜大怒，到时你我都吃不了兜着走，切记切记！其实，皇上作诗用韵无所谓对错的。皇上不比你我常人，皇上是真命天子啊，你说是不是？直说得晁迥点头不止，看王钦若走远了，他才敢擦去额头湿湿的汗水，心有余悸道，好险哪，幸亏，只跟王大人说了此事。

晁迥却不知那王钦若跟他辞别后，立马找赵恒去了。

赵恒听自己的得意诗作竟有一处用错韵了，似乎没有不高兴，还表扬了王钦若一番，说他敢说真话，不像众人那样只会迎合。

人才难得啊。

翌日早朝，赵恒当着所有大臣的面狠狠地表扬了王钦若。赵恒说，昨天朕一不小心加上一高兴，作的诗有一处用错韵了，幸好事后王爱卿给指了出来，要不将来此诗流传天下，还不被读书人笑话，所以朕得感谢王爱卿。

众臣都表示将以王钦若为学习榜样，提高自身涵养，心里却满是羡慕嫉妒恨。

没想事情会是这样，晁迥目瞪口呆，他真想当场把事实和盘托出，却没敢，只在心里骂道，王钦若，你个王八蛋！总有一天我要把真相告知皇上，到时够你喝一壶的！

作为知制诰，晁迥不时有和赵恒单独见面的时候。机会说来就来了。

那天，就只有他俩。晁迥看赵恒心情不错，就把那事的前因后果来龙去脉一五一十原原本本地和赵恒说了个底朝天，说到动情处，还声泪俱下。想不到啊想不到，这个王钦若竟会是这样一个小人，陛下不该如此重用他啊……

赵恒心情越听越糟，脸色也越来越难看。

既然你当时就发现了，为什么不给朕当面指出，却要在背后和人乱说。背后乱说倒也罢了，别人好心给朕指出，你非但不谦虚地学习，还鼠肚鸡肠，很不服气。不学习不服气倒也罢了，现在竟敢颠倒黑白，把别人的功劳占为己有。对了，朕问你，如果事情真如你所说，为何那天早朝朕表扬王大人时，你不当场说明？嗯？朕看你才是小人！

还有，你竟敢指责朕用人不当，要说朕用人不当，那就是用错你了！赵恒越说越气，脸涨得红红的。

晁迥惊呆了，跪伏于地，不敢抬头。

可惜了朕今天的大好心情啊！赵恒不再搭理晁迥，拂袖而去。

王钦若听说这事后，鼻子哼哼道，真是书呆子，不知深浅。

——原发《小小说大世界》2013 年 3 期《幽默与笑话》2013 年 7 期转载《小小说选刊》2013 年 16 期转载、《南方农村报》2014 年 8 月 2 日转载、《领导文萃》2014 年 8 期转载入选、《2013 中国小小说年选》(花城版)、入选《古韵.灯影下的篆书》一书(马国兴主编)

◀ 糊　涂

招募移民，开垦种植，奖励耕织，经几年的励精图治，原本人烟稀少，灾祸不断，百业凋敝的蔡州，如今已是人欢马叫，生机盎然，百姓安居乐业。好一个蔡州知州吕端。人才难得，宋太宗赵光义听闻后，大悦，就命宰相吕蒙正前往考察，若真是栋梁，则即日便可赴京任职。

真是糊涂啊，那就继续在那待着吧。赵光义大失所望。吕蒙正心中暗喜。原来，吕端好酒，每日必饮，却不胜酒力，常伏案酣睡，鼾声不绝，误了不少正事。

后赵光义亲征北汉，拟安排齐王赵廷美留守京城。赵廷美乃赵光义亲弟，按太祖遗嘱，将来继承赵光义皇位的，就是他，而不是赵光义的儿子。赵廷美不知深浅，很想接受。赵廷美时任开封府尹，吕端是他手下的判官。吕端赶紧劝言道：皇上哪是真的想让你留守啊，不过是试探罢了。皇上栉风沐雨，以申吊伐，你当表率，跟从前往，拼死作战才是啊。切不可不合时宜地贪图安逸而留守京城。赵廷美依计行事。赵光义终于完全放下心来，率军开拔。后知是吕端的主意，赵光义非但不恼，还连连夸道：这个吕端，不糊涂嘛。

五年后，赵廷美死，赵光义愈加重用吕端，派其出使高丽，大获成功。赵光义龙颜大悦，待吕端一归国，即授其为户部郎中、谏议大夫。很快，便有了想让吕端为相的想法，没想遭到吕蒙正等人的反对，赵光义作诗云"欲铒金钩深未达，磻溪须部钓鱼人"，以表决心。吕端诚惶诚恐，和诗曰：愚臣钩直难堪用，宜问濠梁结网人，以示推辞。却终究还是取代吕蒙正，做了宰相。吕蒙正愤愤不平，当面羞辱他：原来你心如明镜，是我们糊涂啊，你就装吧。你在蔡州，每日饮酒怕也是装的吧？吕端一笑置之。

李继迁任西夏王后，不顾藩国身份，常袭边扰境，宋夏双方战火不断。一次，李母为宋军生擒，赵光义大喜过望，决定就地正法，以报西夏扰边之仇，雪反叛之恨。赵特意交代枢密使寇准，速速解决，连吕端也不要告诉。没想，这阵子，吕端一直关注战事，听闻下属来报，寇准行色匆匆，知有大事，便拦住询问。寇准瞒不住，只好和盘托出。吕端闻言，大惊，急奔入宫，拜见皇上，说：当年项羽捕获刘邦之父，扬言杀之，刘邦竟说，愿分我一杯羹。凡举大事者，危急关头，是不顾至亲的，何况李继迁如此悖逆之人。我问皇上，今日若杀其母，明日即能捕获李继迁否？如不能，杀其母，只会深其家仇、坚其叛心罢了。听得赵光义一身冷汗，反问吕端当如何处置。吕端道：不妨把李母安置在前线延州，好生赡养，如此，可招降李继迁。宋太宗恍然大悟，连连称善，说：

倘若不是你吕相，真误了国家大事了，我们还浑然不觉呢！后，李母善终于延州，不久李继迁去世，其子因宋朝善待其祖母，便归顺了北宋。

一时，宋夏相安无事。原来你心如明镜，是我们糊涂啊。就有下人学着前宰相吕蒙正的腔调来羞辱吕蒙正。吕端总严厉呵斥下人，不得如此无礼。此类言行，终销声匿迹。

先前，和寇准同为副宰相，吕端不讲资历，不摆资格，主动要求排在寇准之后。寇准可比他年少二十好几呢。任宰相后，吕端多次请求太宗下诏，让副宰相寇准和他轮流掌印，一同处理国家大事。

有君子就有小人。枢密使李怀清被改任御史中丞，有名无实了，李以为是吕端从中作梗，便四处说吕端的坏话。吕端总一笑了之。但流言未止，依旧满天飞，皇帝耳根不得消停，心就烦了，皇帝心一烦，吕端相位就不保了，就回乡为民去了。初，当地官绅以为宰相回乡，纷纷聚在吕家，大礼奉上。后，知吕端已被削职为民了，直后悔。拿起礼物，立马走人。没想到，吕端刚到家，便接到京城加急快马送至的圣旨，吕端官复原职了！那帮官绅直怨自己糊涂，带上更丰厚的礼物再往吕家而来。下人要相爷好好惩治这帮势利小人。吕端只做了一事：将人和物拒之门外，然后即刻动身，前往京城。

赵光义亲自前往城门迎接，说一时被小人蒙蔽，犯了糊涂，恳请原谅。下人说，咱吕相爷肚里能撑船呢。吕端挥手想打，却被赵光义阻止，笑道，"宰相肚里能撑船"，说得好啊，吕相就是这样的人哪。

后，吕端力挽狂澜，击退反对派，辅佐太子赵恒顺利登基。登基典礼上，吕端先不拜，直到赵恒卷帘后，吕端上前，确认无疑后，才走下殿阶，率领群臣三呼万岁，跪拜新天子。

吕端仍为宰相。

胆敢有谁再言吕相糊涂，朕绝不轻饶！这是宋真宗赵恒登基后，对文武百官说的第一句口谕。

◀ 实　话

澄渊之盟后，宋辽间暂无战事，宋真宗赵恒一时志得意满。几年后，改年号为大中祥符，并决定于这年十月隆重举行泰山封禅大典。

时任首席宰相王旦，此人敢于仗义执言，是个难缠的主儿，赵恒担心王旦从中作梗，就很有些顾虑。枢密使王钦若急皇帝所急，如此这般地和赵恒说了一番，赵恒终于有了笑脸。

翌日朝堂上，满朝文武赫然在列，赵恒命人抬上一大罐酒，很是怜爱地对王旦说：王爱卿，朕知你爱喝酒，此酒特好喝，你就拿回家和你家人共享吧。王旦跪拜称谢。回家后，打开罐子，王旦大吃一惊，里头装的哪是酒，而是满满一罐子光彩夺目的玛瑙珍珠！

第二天，廷议。赵恒和众卿商议封禅大典之事，王钦若首先唱诺，表示无异议。王旦呢，居然一言不发。枢密副使马知节指着王旦对赵恒说：陛下，王大人今日很反常啊，想必有难言之隐吧。

赵恒心想，你这人咋这么多事呢。赵恒只装作没听见。封禅之事就此敲定。

退朝后，马知节拦下王旦，定要王旦说出隐情。王旦仍旧一言不发。马知节连说"你呀你呀"，急得跟个猴儿似的。

封禅就得斋戒，不可喝酒吃肉，不可行床事等。赵恒颁布诏令，定十月为全国斋月，禁止屠宰，直至大典结束。赵恒带头遵行，以示垂范。

这可苦了东京的各大小公务员了。你想啊，东京乃大宋国都，以娱乐美食享誉天下，各类名菜小吃不胜枚举，大小酒楼茶肆鳞次栉比，青楼勾栏遍布街巷，说唱表演通宵达旦，可如今，哎……

十一月廿日，赵恒车驾回京，但见所经各县，市场繁荣，街衢洁净，沿途所见的男女老幼皆衣着光鲜，步履轻快，笑意盈盈。赵恒心情大好，对左右道：如今天下太平，百姓安居乐业，这都是大家齐心辅佐的功劳啊。左右皆说：哪里哪里，全仰仗陛下的神明啊！

但有一人例外，谁？枢密副使马知节。马知节说：陛下，臣有话要说。赵恒点头应允。马知节说：这些全是假象，贫者早被驱赶到城外了。

赵恒闻言，怒道：汝辈可恶！待回京再做商议。心却想，就你晓得，光会败坏朕的兴致，你才最可恶！

回京数日过去，却未见赵恒为此事再作商议，马知节欲问个究竟，被王旦死命阻止。

丁谓已在昭应宫绘制祥瑞图，陈彭年也要着手编修《封禅记》，此次封禅大典很快就要画上圆满句号了。虽然很是疲惫，途中还被马知节败了兴致，但因完成了一项帝王伟业，先前的不快已如潮水般退去，赵恒又高兴起来了，赐百官休假三日，还设盛宴犒劳众臣。

宴会伊始，赵恒说：前段时间，大家跟朕一道坚持只吃素不吃荤，很是不易啊。说这话时，赵恒的脸有些红。

众臣大声回道：不辛苦，必须的。陛下才辛苦！听得赵恒心里似灌了蜜般甜。

臣有话要说。这时，突然有人出列。谁？还是枢密副使马知节。

没想被人从中横插了一杠，赵恒心生不悦。一看，又是这个马知节，心里越发不爽，怕他再搅了自己的兴致。赵恒的脸就有些不好看了。

马知节看得真切，却仍对赵恒说：陛下是想听真话呢还是假话？赵恒一愣，说：那还用讲，当然是真话。马知节说：好，那我就说真话了。此时，众人已满是惊恐和慌张。

陛下又被蒙骗了。马知节掷地有声。

此言一出，朝堂上立马就嗡嗡地响开了，如煮沸了的一大锅水。有人甚至上前拉拽马知节，劝其退下，勿要再言。马知节不为所动。

箭已在弦，赵恒眉头紧锁，示意马知节把话说完。

马知节说：其实这一个多月，坚持吃素食的只有陛下一人，我们哪熬得住那些戒律啊，我们当中还有人在半路杀驴吃呢。一切照旧，只是略有收敛而已。

众臣面红耳赤，低头不语。

赵恒很是吃惊，继而大怒，手指向众臣：你，你们……

怒气甫定，赵恒指着王钦若：真是这样吗？王钦若战战兢兢，不敢言语。赵恒又指向王旦。王旦出列，诚惶诚恐道：马大人说得句句是实。

众人皆跪，齐声道：陛下，臣等罪该万死，望陛下恕罪！

声音过去，肃静，俄而，声又响起。臣也未能做到。臣罪该万死，望陛下恕罪！

是马知节的声音。此刻，仅有他一人的声音。

有人窃笑。赵恒拂袖而去，表情复杂。

这顿御宴，众人吃得很不是滋味。

最终没有一人获罪。

——《微型小说选刊.金故事》2019年第4期、《小小说月刊》2019年6月上转载、《当代小小说》2021年夏季刊

◀ 秘　书
∙∙∙∙∙∙∙∙∙∙∙∙∙∙∙∙∙∙∙∙

　　北宋文臣杨亿很有才。举个例子吧。宰相寇准喜欢出对子玩情调，有次出了个上联：水底日为天上日。满朝文武竟全给难住了，只有杨亿对出了下联：眼中人是面前人。传颂一时，连真宗皇帝赵恒也对他刮目相看，不久就提拔杨亿为翰林学士兼知制诰。知制诰就是皇帝的秘书，专门负责起草皇帝的诏令。每次杨亿起草的诏令，赵恒都很满意，几乎一字不改地一次性通过。不简单哪，这个杨亿。

　　那年，杨亿当上了大宋科考的主考官。杨亿就很有些飘飘然了。开考前夕，他竟主动邀请来京应试的同乡举子，请客吃饭。推杯换盏间，就有胆大地询问考题。杨亿勃然变色，说了句骂人的话"丕休哉"，甩袖而去。众人目瞪口呆，但也有暗自叫好的。开榜，卷子中用了"丕休哉"三字的那几位，全被录用了。

　　此事传到赵恒耳朵里，赵恒有些不高兴，但转念一想，谁没有嘚瑟的时候？何况这么个大才子。偶尔嘚瑟一回也不碍事。就原谅了杨亿。

景德二年,赵恒任命杨亿、王钦若为总主编,编纂《册府元龟》。作为国家天字第一号大工程,赵恒非常重视,每编成一卷,他就要亲自审阅,凡有错误的地方就贴着小纸条。看到这些贴有突兀纸条、需要返工的案卷,杨亿汗颜不已,杨亿就头疼,就吃不下饭,睡不着觉。

可一细想,不对呀。凭皇上的学问,哪能看出这些微小错误呢?必有枪手在替皇上审阅!明察暗访后,果真如此——赵恒每次都先将案卷转给陈彭年,由陈代为审阅。

这个陈彭年可不是一般的角儿,学问大得很,历史典故、生僻问题张口即来,核对资料,无一出错。赵恒对他信任有加。有次,举行祭祀大典,陈彭年负责在前给皇帝引路,没想一时疏忽,引偏了路。有关部门的领导想上前纠正,陈彭年脸一绷,眉一皱,说错不了。那领导竟不敢上前。陈爱卿说错不了那就错不了。事后,赵恒仅轻描淡写地说了这一句。

原来幕后把关的人是这个姓陈的,看来皇上还是对自己不放心啊。杨亿心里很不是滋味。心里很不是滋味的杨亿就想办法了。不几日,杨亿联合王钦若等其他编纂人员,集体签名上奏,为了使这国家第一号工程做得更快、更高、更强,强烈要求陈彭年也加入编纂队伍。

终获准。

从此,那些可恶生厌、飘舞示威的小纸条渐渐地少了,直至彻底消失。杨亿心里乐开了花。赵恒也甚是开心,连夸这工程搞得好。群臣皆曰，皇上知人善任，真乃一代明主也！赵恒心情大好，遂重赏了相关人员。

杨亿的知制诰生涯过得风生水起，他越发得意，走路，把路面踩得嘣嘣响，头抬得高高的，胸也挺得直直的。

他现在最讨厌的就是别人修改他的文字。可惜百密一疏，有次还是让赵恒找出了破绽。这是一份答复辽国的诏书，赵恒对杨亿在其中使用的"临壤交欢"很不满意，审批时，在"临壤"二字旁边连用了"朽壤、鼠壤、粪壤"三个贬义词！诏书被发回重写，看到这三个词，杨亿立时面如土色，半天没回过神来。最后，杨亿费尽思量，把"临壤"改为"临境"，才勉强过关。这个打击太大，杨亿有些伤不起了。

伤不起的事儿还有呢。

有次，杨亿写了份奏表，其中有句"伏惟陛下德迈九皇"，以此来歌颂皇帝，讨赵恒欢心，提升下自己在皇上心中严重下坠的位置。对这奏表，杨亿很是得意。没想赵恒看了后，眉头紧锁，这个杨亿，咋这么气人呢，朕乃堂堂一国之君，他竟让朕卖韭黄！真是岂有此理！原来"九皇"与"韭黄"同音，难怪赵恒会动怒。杨亿吓得不轻，终成疾，卧于床，几日未能上朝。

好在赵恒没有忘记他。一夜，赵恒来探望杨亿。寒暄后，赵恒拿出一沓文稿给杨亿，说这是朕写的一些诗文手稿，朕的笔迹你是认得的，没有找人代劳哦。你有空帮朕看看，写得怎样？

赵恒走后，杨亿心乱如麻，坐立不安。皇上好久未见，今天怎么突然来了？一定是有人在皇上面前说我坏话了，自己以前不是怀疑过皇上找人捉刀作诗而当作自己的原创，还有皇上代人审阅《册府元龟》那事儿……

杨亿越想越害怕，惊出了一身冷汗。接下来的好些日子，杨亿整天无精打采，远没了往日的精气神，还生了几丝白发，还不到四十的人，仿佛小老头一个。

怎么这么快就不中用了呢？赵恒很是惋惜，不再让杨亿起草诏令。

杨亿的皇帝的秘书生涯，走到头了。

——《百家讲坛》2016 年第 9 期

第五辑 两宋风云

◀ 谈　判
....

澶州之战，宋真宗赵恒在宰相寇准的坚持下，御驾亲征，宋军大胜，辽军退却。赵恒长舒了口气。

这时，辽国萧太后主张议和。赵恒高兴坏了，遂委派曹利用为宋方全权代表，前往议和。

行前，曹利用问谈判底线。赵恒说，可不能拿土地做交易啊。赵恒还伸出一个指头说，银、绢数量的总和不能超过 100 万。曹利用领命而去。

谈判桌上，双方唇枪舌剑，暂且不表。单说盟约内容其一，辽称宋为兄，两国自此结为兄弟之国。为兄的，给为弟的每年提供一定的物质资助，不算过分吧？辽方代表试探着说。

曹利用想兄长自然得有兄长的范儿，于是，满口答应道：不为过不为过，必须的必须的。

谈到年供银两的数目时，辽方代表伸出五个指头。曹利用心里一乐，巧了，今儿个怎么流行伸指头了。每年 50 万两啊，太多了吧？曹利用伸出一个指头，说：每年10万，最多10万！曹利用狠狠地压低了数字，没想对方立马应允了。

谈到年供绢的数目时，辽方代表伸出四个指头。曹利用心想，这回你学乖了，知道我厉害了。不过40万，哼，还是太多了。定了定神，曹利用说道：40万匹绢太多了，我回去没法交代啊。曹利用伸出二个指头，减半，20万，行不？没想到，对方又当即答应了。

曹利用高兴坏了，无心游览北国风光，马不停蹄地返回。

一回到澶州，曹利用就去面见真宗皇帝，却被太监刘承圭拦下了，说他来得不是时候，皇上正在军用帐篷里用餐哪。刘承圭答应先去禀报。曹利用只好等。很快，刘承圭出来了，说皇上很想知道银绢的具体数目，要曹先告诉他，他再进去告知皇上。这下，曹利用不答应了，说：此乃国家机密，我岂能说与你听，真是岂有此理！曹利用说他只可当面告知皇上。刘承圭只好再进去，很快又出来，说皇上还没吃完御膳，不能出来，你给个大概数字吧。曹利用想了想，就对刘承圭伸出了三个指头，还顽皮地在脸上贴了贴。

天哪，一年要300万哪，这么多。这个曹利用怎么搞的。听了刘承圭的回报，赵恒大惊失色，脱口而出。赵恒继而转念一想，不用割地，就换来了两国的和平，一年给他们300万其实也不是特别多。这么一想，觉得曹利用这人还是挺能干的。

走出帐篷，却见曹利用撅着屁股，跪在地上，毒辣辣的阳光把他整个儿罩住了。赵恒心生爱怜，亲自上前，欲扶起曹利用。

曹利用却不肯起来，把屁股撅得更高了，低头说道：臣有罪，给的银绢太多了。赵恒说：不多，一年300万，真的不多。

曹利用抬头问道：陛下，你说什么？300万？

赵恒一惊，急问：难道不止？

曹利用大声回道：哪有这么多，每年总共30万！其中银10万两，绢20万匹。

什么？30万，才十分之一哪。赵恒简直不相信自己的耳朵，证实后，他高兴得脸都抖起来了，一把拉起曹利用。

曹利用笑着说：让陛下高兴的事还在后头呢。

赵恒问是啥。曹利用说：今后宋辽兄弟相称，陛下是兄长，他们只配做陛下的小弟弟呢。

赵恒龙颜大悦，狠狠地抱住了曹利用，说：朕要重重赏你！

很快，曹利用在得到大量珠宝的同时，官升二级。

只是曹利用、赵恒他们永远也不会知道，辽方比他们还高兴呢。他们原本是要求宋方每年提供银5万两，绢4万匹——辽国和谈代表所伸的五指头、四指头分别代表五万和四万——曹利用却给理解为50万和40万了！

——《幽默与笑话》2015年第10期

◀ 喜　欢

宋真宗赵恒很喜欢丁谓。

丁谓"少以文称"，少年时就有过目不忘、出口成章之才。丁谓"善为诗"，"草解忘忧忧底事，花名含笑笑何人"就出自他之手。除了诗文外，丁谓还通晓音律，棋也下得不错。这还不算，丁谓又善书画，书法精湛，画技一流，所画的蟋蟀、蝈蝈等小虫子，能以假乱真，鸡一见，就争相去啄，惹得赵恒哈哈大笑。更让人要命的，丁谓还有大将风度。赵恒第二次亲征辽国，丁谓为安抚使，辽兵兵临城下，箭矢如蝗般射来，在城楼上指挥的丁谓面不改色、指挥若定，辽兵终退。赵恒说，丁爱卿琴棋书画，无所不精，文能治国武能安邦，真乃我大宋奇才也。赵恒一有空就要丁谓陪他下棋、吟诗、作画，一天的日子就过得很快，也很舒坦。

转眼间，丁谓就坐到了工部员外郎的位子。这官可不小了，相当于现在的建设部副部长。照理说，丁谓该在文化部或文联工作更合适啊，但大宋朝适合谋职于文化部、文联的人太多，而赵恒认为丁谓放哪儿都行。赵恒说，是金子放哪儿都能闪光。

大中祥符年间，宫中失火，丁谓担任重修宫殿工程的总指挥。经过深思熟虑之后，他命人在皇宫前开挖沟渠，把京城附近的汴河水引入渠中，随即以小船、竹筏把木料、石块径直送到工地一线。开渠挖出的土呢，也不用运走，就地留下用来烧砖。等工程基本完工，就把渠水排净，将灰土瓦砾等工程废料填进沟里，覆上泥土，夯实整平，又一条光亮平整的大街现于汴京了。就这样，丁谓顺顺当当地解决了取土烧砖、材料运输、废墟清理这三个工程中最难解决的问题，如此"一举而三役济，计省费以亿万计"。百姓交口称赞，赵恒更是喜欢得不得了，立马罢免三司使陈恕，而由丁谓接任。这样，丁谓就成了赵恒的财政部部长。

对寇准，丁谓一直心存感激。当年，正是宰相寇准的赏识和推荐，丁谓才成了京官。

天禧三年六月某天，丁谓随寇准出席宴请辽国来宾的国宴。酒酣之际，突然看见辽国来宾直盯着寇准看，丁谓顺眼看过去，吃了一惊，原来寇准的胡须上粘了几根菜丝，很显眼，很不雅。丁谓想也没想，即刻起身，离座，奔寇准而去。当时寇准酒意正浓，却被丁谓生生地摁住了正欲敬酒的酒杯，心里好不光火。正欲发作，但见丁谓轻轻地擦拭着自己的胡须。众人全看见了，赵恒也看见了。丁谓轻轻地弹去那几根菜丝，毕恭毕敬地站立寇准边上，他等着恩相的表扬呢。没想寇准生气了，寇准说，你做的官也不小了，哪能在这种场合替我溜须拍马呢！你太不自重了，你太让我们失望了。怎么会是这样？丁谓呆住了，他觉得自己好委屈。

但丁谓眼里没有泪，他把泪往肚里咽，这下子，他把寇准恨到骨子里去了。

一年春节前夕，久旱无雨的冬季突然下了一场瑞雪，赵恒高兴坏了，立马组织了个踏雪诗会。诗会归来，赵恒兴致不减，就想赏赐八位参与诗会的大臣（包括丁谓）各一条玉带，叫宦官刘承圭即刻去办。

刘承圭就去主管财政的丁谓那里领玉带。丁谓一听，说不好，库房里只剩七条玉带了，不够。刘承圭请示赵恒后，手里居然托着一条金玉带。丁谓的眼都直了，这不正是皇上的那条嘛。原来今天赵恒高兴，竟把自己的这条玉带也拿来充数，加以赏赐。

丁谓对前来接受赏赐的七位大臣说，皇上的玉带不能赏赐，我先前已有玉带，就不需要了。当下把那七条玉带给了，只留下赵恒的那条。七大臣感激不尽，连夸丁谓肚量大，将来必能当宰相。

按丁谓的意思，翌日，八人同去谢恩。赵恒见唯有丁谓没有玉带，忙问咋回事。丁谓说，皇上的玉带太珍贵，哪能用作赏赐呢？我把它带来了，正准备还给皇上呢。请皇上降罪于臣，臣竟连这么点事都办不成。说毕，取出玉带，跪拜在地，双手毕恭毕敬地呈举着那条玉带。

赵恒鼻子酸了，眼眶也湿了，连忙把丁谓扶起，哪能委屈了丁爱卿呢，我这条玉带就赐予你了。丁谓推辞不要，并坚决不起身。七人见状，立马跪伏于地，请丁谓务必不要拂了皇上的美意。丁谓这才起身。

赵恒还喜欢钓鱼，年年在大内后苑举办赏花钓鱼宴会，群臣毕至，好不热闹，一派和谐景象。可赵恒技艺不咋地，那次钓了好长时间，连鱼儿的影子都没捞着。赵恒很是尴尬，众人很是着急，个个面色凝重，恨不得亲自跳下去抓鱼把鱼挂在皇帝的鱼钩上。只有丁谓不慌不忙，献上一首诗。诗曰：惊凤辇穿花去，鱼畏龙颜上钩迟。尴尬瞬间消失，热闹又来，和谐复至。赵恒龙颜大悦。

不久，丁谓升任参知政事（副宰相）。丁谓开心极了，竟兼任起了赵恒的养马官——他把赵恒的坐骑都牵过来亲自抚养了。赵恒越发喜欢丁谓。

那阵子，赵恒身体不好，病好后发现自己的坐骑瘦了不少，很生气，就责问丁谓。丁谓跪伏于地，哽咽道，臣知道皇上圣体欠安，日日思念，夜夜忧虑，食不甘味，睡不安寝，没心思养马啊。

赵恒一听，感动得不行，眼泪都下来了。

很快，丁谓做了宰相，把寇准从宰相位子上踢了下去。距离那次丁谓为寇准"溜须"的国宴一年三个月。

很快，寇准被贬为雷州司马，后死于任上。有人猜测是丁谓使人所为。

——《滕州日报》2024 年 5 月 31 日

第六辑

元明春秋

　　若说君主、官吏、民众构成了国家与社会的主要群体，君臣之间、君民之间、官官之间、官民之间、民民之间，皆有故事上演，人际依旧微妙，故事仍然出彩。有了芸芸众生，才算社会万千。

◀ 洁　癖

．．．．．．．．．．．．．．．．．．

　　古代文人中，患有洁癖的，宋代的米芾算一个，能与之相媲美的怕只有元代诗人、画家倪云林了。

　　倪家是无锡当地有名的富户，"富甲一方，赀雄乡里"。倪云林在三兄弟中排行最小，自小衣食无忧，生活豪奢，家中单是供他娱乐的就有"清秘阁、云林堂、雪鹤洞、海岳翁书画轩斋"等不同风格的高档居室。

　　倪云林的香厕是一座空中楼阁，造型典雅别致，用香木搭好格子，下面填土，中间铺着洁白的鹅毛，"凡便下，则鹅毛起覆之，不闻有秽气也。"就是现在富人居住的别墅都不能企及。

　　倪云林使用的文房四宝，有两个佣人专门负责擦洗。庭院里的梧桐树，也要派人每日早晚挑水洗净。

　　一日，朋友徐氏来访，适逢倪云林的仆人进山担泉水回来。倪云林用前桶煎茶，后桶洗脚。徐氏莫名其妙，问何故。倪说一路担水，后桶水肯定已经被仆人的屁气弄脏了，所以只能用来洗脚。当晚，徐氏留宿。夜已很深，徐氏困意亦深，却见倪云林一次次来他房间巡视。徐氏半夜醒来，闻隔壁的倪云林辗转反侧，就咳嗽了几声，意思是，你咋还不睡呢？没想正是这几声咳嗽害得倪云林一夜未合眼。翌日，天未及亮，客未及走，倪云林即命仆人查寻痰迹，仆人一无所获，仅找到一片树叶。倪云林痛苦至极，闭着眼睛，捂着鼻子，命仆人拿到三里地外扔掉，并让仆人扛水洗树不止。徐氏再也未登倪家。朋友本就不多的倪云林，朋友又少了一个。

有次，和好友赵行恕在倪宅喝茶。许是旅途劳累，口渴难耐，赵行恕端起茶杯，咕咚咕咚，一下子就把一杯茶给喝了个底朝天。倪云林愤而离座，说，喝茶乃一大雅事，当细啜慢饮，你竟如此糟蹋，是可忍孰不可忍！赵行恕呆若木鸡，讶然失语。两人就此绝交。

倪云林是不近女色的。忽一日，鬼使神差，倪云林约名歌妓赵买儿留宿家中。赵面容姣好，千娇百媚，倪似干柴烈火，不能抵挡，欲行云雨。事前，叫赵买儿洗澡，一遍又一遍，终得以上床。倪云林把歌妓反复抚摩，从头至脚，从脚到头，不行，仍要赵买儿洗澡，一遍又一遍。如此反复，"东方既白，不复作巫山之梦"。悉数给钱后，倪问感觉如何？赵嗔道，你真乃怪人也。倪说，你我都爱干净不是？竟说得赵买儿花枝乱颤。

此事传出，一时成为笑谈，就有人想捉弄他。倪云林母亲病了，此病非一个叫葛仙翁的神医不能治。葛仙翁要倪亲自来接，且要骑那白马来。倪云林有匹白马，倪对它很是爱惜，每天梳洗，白马干净得无一丝杂色。当时天正下雨，葛仙翁乘着倪云林的宝贝白马穿行于乱泥脏水之中，弄得满是污秽。到了倪家，葛仙翁先要去清秘阁逛一逛，倪云林不敢不依。葛仙翁鞋也不脱、衣也不换，笑嘻嘻地在清秘阁里走来走去，"咳唾狼藉"不止，非但如此，还用脏手把倪云林的古玩书籍，翻了个遍。这清秘阁乃倪云林的最爱，之前多少人想进去一看究竟，他都坚决不让，最幸运的也只是在门外观瞻而已。倪云林恶心坏了，立马把清秘阁锁了，此生再未进入。

倪云林曾与张士诚的弟弟张士信交恶。当初，张士信久慕倪云林大名，派人送来绢和金币，求画。倪云林大怒，当场撕绢退钱，说："吾不能为王门画师！"由此得罪了张士信，后张士信在太湖游玩，碰上正在船上焚香作画的倪云林，就把倪抓来，本来要杀他，经人说情，改打一顿鞭子。倪云林挨打时一声不吭。后来有人问他："打得痛了，叫一声也好啊！"倪云林说："一出声，便俗了。"

官府也找倪云林的麻烦。晚年的倪云林变卖田产，家道中落，官府仍诬他欠税未交。倪云林一时无处藏身，只好寄居在姻亲邹家。本来好好的，待他见到邹家女婿"言貌粗率"，不由分说，给了对方一记大耳光，就把邹家给得罪了，倪云林无法再待，只好隐身于浩淼太湖的芦苇荡中，却仍不忘点起龙涎香，因此招来官兵，被抓个正着，随即入狱。

在狱中，倪云林每次都要送饭的狱卒把饭碗举过头顶。狱卒不解其意，问他为何，倪云林总是傲然不答。同狱之人告诉说："他是怕你嘴里的口水、浊气呼到他的饭菜上。"狱卒气坏了，把倪云林锁在粪桶旁边。倪云林呕吐不止，痛苦不堪。后经好友保释出狱，但倪云林就此患下了痢疾。

倪云林常把粪便拉得满床都是，臭不可闻，人不可近。明洪武七年，倪云林被朱元璋派人扔进粪坑，活活淹死。时年，倪云林73岁。

——《山东工人报》2023年5月15日

◀ 隐　者

凡桃俗李争芬芳，只有老梅心自常。

题完墨梅画上的这几个字后，王冕把笔一丢，好不畅快。

自打离开都城大都后，王冕就隐居在家乡浙江诸暨的九里山中，这里风景秀丽，宜居宜养。王冕自号"煮石山人"，开荒种粮，栽竹植梅，躬耕垄亩，自食其力。劳作之余，就吟诗作画，画梅，画荷，也画竹。他喜欢梅的傲骨，荷的圣洁，竹的节操。

这种远离尘世的田园生活每每让王冕舒心不已。

可是这种舒心的日子被打破了。

那日，来了一人，见了王冕，躬身施礼道，我乃朱元璋将军的使者。将军久慕先生大名，特派小人前来，恭请先生下山，共谋大计。

王冕眉头一皱，道，我乃一介布衣，无德无才，且早已不问世俗之事，恐要让朱将军失望了。

不急，请先生再考虑考虑，我明日再来。来人遂告辞。

翌日，使者再来时，但见屋子空空，王冕已不知去向。

几日后，王冕的新屋前又响起了敲门声。王冕假装没听见。

来人大声说道，先生，让我好找啊。我知道先生在里边。

屋里仍是毫无声息。

任凭使者如何劝说，如何哀求，王冕就是不开门。

天很快暗了下来。王冕以为使者走了，便小心地开了门。门口果然空无一人。王冕大喜，回屋收拾东西，疾走。

没想刚转过一小山岗，呼啦啦，一大片火把骤然亮起，天空也一下子明了起来。

王冕大惊，转身欲走，忽闻一声：先生哪里去？直入耳鼓。

王冕不由得就立住了。王冕闻声望去，但见山岗上赫立一人，一身戎装，浓眉大眼，阔面长耳，气宇轩昂，好不威风。

王冕浑身一颤，莫非此人正是朱元璋？

那人似乎看透了王冕的心思，笑道，我就是朱元璋。先生好难请啊。古有刘备三顾茅庐事，先生也该随我下山了吧？

下山，下山……将士们齐声高喊，一遍又一遍。

漫山遍野同一个声音，响彻云霄。

王冕只得随行。

朱元璋大喜过望，刚回军营，便大宴宾客，为王冕接风。

朱元璋举杯来到王冕跟前，亲自为他斟满酒，恭敬地说道，先生归我，胜于十万大军，朱某幸甚，幸甚哪！请先生干了此杯！

干了吧！先生，干了吧！文官武将都如是说。

王冕只得照办，一饮而尽，心中却一阵悲苦袭来。

王冕忆起了先前身在尘世的那些日子。

想自己少时家境穷苦,白天放牛,夜晚则灯下苦读,孜孜不倦,被誉神童。稍长后更是学富五车,能书能画,人称通儒。科举却屡试不中,黑暗现实,耳濡目染,从此永绝仕途,浪迹江湖。也曾游历都城,写诗作画,声名远播。求诗索画者,络绎不绝,礼部尚书泰不花荐以翰林院官职,坚决不就。只因在一幅墨梅画上题了诗句"冰花个个圆如玉,羌笛吹他不下来",被诬为影射朝廷,险遭人陷害,只得悄然离京,从此隐姓埋名,隐居家乡九里山,过着避世遁迹的隐者生活。

只怪那时自己误入歧途,徒费光阴啊。王冕感慨万千。可惜,刚过了几年舒心的日子,就轻易地被这姓朱的给搅了。

朱元璋给了王冕一个谘议参军的官职,相当于军队顾问。

一听到唤他王参军,王冕心里就窝火,就苦闷。白天,眉头紧锁成个川字。晚上,做梦,梦里全是以往在九里山的快活日子。

王冕就整天吃吃喝喝,啥事不干。朱元璋很是恼火,却又不好发作。谁叫是自己亲自请来的呢?

一日,朱元璋来到王冕下榻处,看着王冕的眼睛,一字一句地说道,吾上应天命,下顺民心,举义旗,兴义兵,诛讨逆贼,匡复天下。一时四方响应,文武英雄,尽来归顺。你也理应闻风而动,兼程来归。可你却隐居山林,烦我三请。今虽归吾,却心不在焉,是何道理?先生总不如当年诸葛孔明吧?

王冕回道,久闻将军威名,远甚于当年刘玄德。然昔日唐尧德泽布天下,仍有许由颖水洗耳之事。人各有志,将军何必苦苦相逼呢？我久居山林，不问世事久矣，在此，徒损将军威名，徒碍将军大业。还望将军早遂我愿，放我回去。

朱元璋突然从跟随的侍卫腰间拔出宝剑，架在王冕脖子上，厉声道，难道先生不怕我杀了你？

王冕毫无惧色，那是将军的事。

朱元璋终究没有加害王冕。

王冕得以重归九里山，只是从此郁郁寡欢，终成病疴，不治而亡。

后来，朱元璋建立了明朝，想起了王冕，就差人来寻，才知王冕早已过世。朱元璋长叹一声，也好，此人虽没为我所用，但也未被他人所用，幸甚幸甚！

不几年，朱元璋对开国功臣大开杀戒。

想起当年王冕誓死不从朱元璋，暗地里，世人都说，远见啊，幸甚幸甚！

想起王冕的早逝，暗地里，世人又说，幸甚幸甚！

——《百花园》2018 年 6 期、入选《古韵·灯影下的篆书》一书

◀ 聋　者
·····················

听到当今圣上要来招纳能工巧匠的消息，他乐坏了。为自己，也为儿子。他虽已年过花甲，但身体硬朗，技术一流——他的垒墙、上梁技术在当地数一数二，儿子跟随左右多年，学得一身本事。这是最好的用武之地了，况且还有工钱。儿子娶媳妇，正缺钱呢。

幸运的是，父子俩都被招纳，前往应天，为圣上修造皇家林苑。

虽然每天很苦很累，父子俩却干得很起劲，很欢实。有奔头呗。经常是这样的景况：已过下班时间，别人都走了，但老人仍不走，不是四处走走看看，就是加班加点，叮叮当当地敲个不停。开始，主管官员不让，慢慢地，发觉这老头儿并无非分之想，待在工地完全是因为超喜欢，且技术过硬，还不要加班费哩。官员也就懒得多管了，非但不管他，还干脆让老人兼顾着照看工地。老人更开心了，看护得格外认真，仿佛这皇家林苑就是自家的祖屋。

一日，已过下班时间，工地上空无一人。往常，根本不会有闲人进入。但此时，偏有一人进来了。但见此人姿貌雄伟，奇骨灌顶，剪着双手四处走动，不时露出得意的笑容。

忽而，此人诗兴大发，左顾右盼后，见四处无人，便高声念道：文臣武将已故去，大明江山恰稳固。谁言苦僧不得志？帝王林苑入梦来。念毕，哈哈大笑。

此人正是当今圣上朱元璋。这阵子，他老念叨着这皇家园林，不知样貌如何，进展怎样，虽有工部尚书日日禀报，总不如自己看过清楚、踏实。遂决定这日下朝后，亲自前往。却只想自己一人进去，免得人多嘈杂，败了兴致，就令众臣及护卫们在门口待命。朱元璋见林苑雍容大气且不失秀丽俊美，很是满意，再想到，对自己有威胁的文臣武将已一一解决，大明江山稳固如磐，一时兴起，念了那诗。倒没忘自己佃农出身，曾入寺为僧的苦逼经历，当然，如今已贵为天子，此话只当在旁无二人时才说。比如此时此刻。

朱元璋兴致盎然，继续剪着双手，走走看看。才迈出数步，他脸色大变，驻足不前。为何？此时此刻，此情此景，并非旁无二人！

但见前面几米开外，一老头儿正骑坐在阁台的横梁上，干着活儿。如此说来，刚才的诗句，这老头儿是听了个真真切切，明明白白！朱元璋越想越怕，越想越气，大喝一声：嗨，老头儿，快快下来，朕有话问你！见那老头儿毫无反应，朱元璋又喊了一遍，情况依旧，老人只管低头弄活。

此时，门外的众臣及护卫们闻听圣上急切的喊叫声，都急急地拥上前来，把朱元璋围在垓心，只恐不测。

朱元璋说明情况，众人长舒了口气，护卫上前，把那老人拽了过来。

老头儿见圣上驾临，慌忙跪拜。

你这死老头，忒胆大，圣上唤你下来，为何不理，活腻了吧你？工部尚书大声斥责道。

大人，你说什么？我听不见啊。因为不知为何遭骂，老人很着急，很紧张。

工部侍郎便附在他耳边，又高声重复了一遍。

圣上恕罪啊。老人吓坏了，磕头不止。我年迈耳聋，根本听不见哪！还望圣上明察，饶小民不死！

原来是个聋子。朱元璋松了口气，脸色恢复如初。

工部侍郎上前禀告道：此老头技艺精湛，工作负责，还兼着林苑看护的职呢，却不要一分工钱。说着，很有意味地看了看老人。

全白干了。老人闻听此言，心里暗暗叫苦。

朱元璋不想再被败了兴致，只是摆摆手，再无二话，在众人的簇拥下，出了林苑。

老人口中"吾皇万岁万岁万万岁"的声音一直响着。

当晚，老人跟儿子说了白天的经历，儿子吓出了一身冷汗。幸亏爹爹机智，装聋作哑，换成我，早出事了！还好我下午出去玩了。可接下来，该咋办呢？

赶快收拾，走人！老人说。

可咱们的工钱，一分没到手呢。再说，都快竣工了呀。儿子很是不甘。

工钱要紧还是命要紧啊。只这一句，儿子便没了声息，利索地帮爹爹收拾起来。

再说那工部尚书，一路狐疑，一路冒汗。这老头我知道啊，耳聪目明，要不咱也不会招他来呀。再一想，豁然开朗。

都说高手在民间，此言不虚啊。工部尚书不由得在内心称赞起来。

翌日，差人来找，早人去楼空了。

干嘛逃呢，我还没感谢你呢。工部尚书叹道。

——《八咏》2015 年冬季刊

◀ 审 案

什么？小萃正在县衙？她……她还没死？那……那具尸体又是谁呢？胡知县惊得目瞪口呆。

半月前，县衙接到报案，金溪村旁的竹林里发现一具高度腐烂的尸体。验尸时，有村人说女尸的衣服像是本村小萃的。经过几天的明察暗访，胡知县已查清，小萃几日前离家出走，不知所踪。小萃离家出走的原因，村人似乎都知道，是夫妻俩又拌嘴了，小萃是负气出走。这点，小萃的丈夫王林承认属实。以往，小萃要么去母亲家，要么去妹妹家。可这次，母亲和妹妹那里她都没去过。

胡知县将王林带至县衙，严加拷问。起初，王林一口咬定，说只是夫妻间的小事引起的拌嘴，乃常便饭的事。如此刁民，不用刑焉能让其开口？大刑伺候下，王林不堪忍受，就改了口供，说妻子小萃与本村的王凯长期通奸，村里已闹得沸沸扬扬，自己气不过，就杀了妻子。

那你为何不一同杀了王凯？胡知县喝问。

当然想啊，可我弄不过他，他长得铁塔一般，力大如牛。王林没底气地说道。说得两列持棍的衙役们窃笑起来。

胡知县遂命衙役前往金溪村捉拿王凯。

王凯供认不讳，但说这一阵子没和小萃幽会过，真不知小萃去了哪里。

你勾引有夫之妇，伤风败俗，来呀，五十大板！胡知县下令道。

一阵噼啪声，打得王凯皮开肉绽。

接着再审王林。

"啪"的一声，胡知县把惊堂木狠狠一拍，厉声道：杀人嫌疑犯王林，快把你如何杀死妻子小萃，又如何抛尸灭迹的勾当，一五一十地速速招来！

王林只好招供。

本案已真相大白，王林因妻子小萃与王凯有奸情，一怒之下，杀了妻子，并抛尸竹林，按律当死。一待省府核准，便可处斩。就此结案。

胡知县顿觉轻松。

没想今日，小萃居然"活"过来了，小萃居然跑到县衙来了，胡知县惊骇不已，只好在师爷的搀扶下，硬着头皮来到衙门大堂。

原来那天，不知怎的，又说起了与王凯之事，夫妻俩吵得很凶，言语激烈，王林出手很重，将小萃打晕。王林以为小萃已死，吓得不轻，将小萃背至村边竹林，掩埋了。后，小萃苏醒，想想这日子过的，遂赌气出走，再没回家。

我当时发誓再也不回来了，没想在外听说，县衙已判决王林杀了我，不日将处斩。这不是胡来吗？我明明还活着啊，虽说我俩感情已不好，但一日夫妻百日恩，我总不能见死不救，眼看着自己的丈夫成了冤死鬼，枉丢性命。我今日来，就是来做证的，希望大人能依据实情，将错案改判，还我丈夫性命。

你有没有先去过村子？村人有否见过你回来？师爷问得很有内容。

没有！十万火急，我一刻没停，就直奔县衙来了。小萃据实以告。

退至后堂，经过和师爷一阵咬耳朵，胡知县将小萃暂押县衙，以便讯问。小萃不知是计，应允了。

胡知县连夜离开县衙。

听闻后，几日前刚刚核准此案的肃政廉访使头都大了，要是被上面知晓，追查下来，难辞其咎啊。按大元律，枉杀人命，轻则降职，重则流放、丢官乃至抵命。

这可如何是好？直至拂晓，廉访使卧室的灯才灭了。

很快，胡知县发布审案公告，昭示全县。

很快，王林以故意杀人罪被处斩。

那小萃呢？就在胡知县返回县城的当日深夜，小萃的尸体被带至一座荒山的深谷里，烧尸灭迹，神鬼不知。

案情似乎已经完全了结，没想，节外生枝。

不久，邻县捉住了一抢劫犯，劫犯供认金溪村旁竹林里的那女人是他所杀，劫钱再劫色。两县令私交甚好，邻县县令就暗中告知了胡知县。两个县令就联合了一下，立即把这抢劫犯给就地正法了。当然，审案公告里是没有劫犯奸杀金溪村小萃一事的。

心里石头终于彻底落了地。胡知县如释重负。可再一想，他的心又沉重起来了。

这次有幸，自己和邻县县令私交甚好，要是这劫犯在另一地域被捉呢？自己根本不可能和每个地域的官员都是铁哥们啊。不知有多少人正紧盯着你，巴不得你早点出事呢。

这么一想，胡知县就再也轻松不起来了。

——《小小说大世界》2020 年第 8 期

◀ 大　火

1358 年，朱元璋率军攻打金华城，遭到守城元军的勇猛抵抗，一时难以攻下，遂决定先熟悉金华周围地区的地形地势，再作商议。

为防出现不必要的麻烦，朱元璋只身微服前往，不觉间，已到曹宅地界。没想还是被官兵盯上了，朱元璋不敢怠慢，一路向北，直往山中赶。但见前面山峦耸立，地势险要，还有参天古木，层层叠叠，确是一个藏身的好去处。朱元璋心中大喜，不由加快了脚步，沿着山路疾走，蓦然抬头一望，忽有一古寺赫然闪现，雄伟的山门门楣上刻着四个红色大字：西岩禅寺。朱元璋敲拍着厚重的山门，良久，门开了，露出一和尚的脑袋。朱元璋拱手施礼，急切地向和尚说明来意。和尚双手合十道："阿弥陀佛，施主莫急，待小僧问过方丈，再答复于你。"说完，关上山门。朱元璋着急上火，却也只能干等。不一会儿，门又开了，还是那和尚，双手合十道："我家方丈说了，战乱时期，不纳外人，施主莫怪。我家方丈还说，施主不妨往锣鼓洞而去，那里安全。"说着，向朱元璋指点着锣鼓洞的方位。言毕，关门，再不理会。不远处，元军的追杀声已清晰可闻，朱元璋只好往锣鼓洞方向疾奔，心里恨死了那方丈。

朱元璋真在锣鼓洞有惊无险地躲过了一劫，还把锣鼓洞作为屯兵练兵之处。一段时间下来，军队作战能力大增，士气高涨，朱元璋觉得攻打金华的时机已趋成熟，不日大军即可开拔。

此间，虽没进入，也对旁边仅一公里外的西岩禅寺有了很多耳闻和了解。寺庙坐北朝南，占地广大，有山有林，寺内庙宇雄伟，殿阁林立，厅房无数，僧侣众多，达300余人。最让朱元璋惊讶和感兴趣的是，寺里众多的僧侣，几乎都有一手好拳脚，个个能舞枪弄棒，人人会持剑耍刀，均能以一当十，这赛过我数千精兵啊。朱元璋决定亲自前去拜访方丈，劝服方丈能允许武僧们随自己一同攻打金华，当然，还有天下。若能应允，则最好不过，否则……朱元璋思忖道。

那日，天高气爽，朱元璋带了数位随从，前往大佛寺。那西岩禅寺，当地人习惯称之为大佛寺。

这次，方丈竟没有拒绝。

知将军还会再来，有失远迎，罪过罪过。不等朱元璋说话，方丈先开了口。

没见过我面，即能认定是本人，还知我的身份，此方丈不简单哪。朱元璋暗自称奇，不觉打量起方丈来。但见方丈七十开外，身板瘦小，却精气神十足，浓眉大眼，目光如炬，不怒自威，让人小觑不得。

入得客厅，宾主双方落座。茶水端上，二人边喝边聊。

不知将军亲临寒寺，有何指点？方丈问朱元璋。

那我就直说了。朱元璋道，听闻贵寺武僧众多，且个个武艺高强，能否让我们开开眼？朱元璋拿手指了指肃立于两侧的那几位随从。

方丈呵呵地笑道：阿弥陀佛，这纯是外界的讹传，寺里僧人不少，倒是实情，只是都是些吃斋念经的文僧，哪会什么武功。将军必是弄错了。实在帮不上将军的忙啊，罪过罪过！

朱元璋又一惊，既吃惊于方丈说话时的镇定自若，更吃惊的是，自己的真正来意只字未提，对方却已了然于胸。寺里这一路走来，未见一个武僧，想必也是方丈早做好的安排。

如今朝廷昏聩，民不聊生，我上应天意，下顺民心，兴义兵，伐无道，匡复天下。方丈为何不肯助我一臂之力呢？朱元璋很想知道答案。

将军义举，老衲甚是钦佩。只是佛门乃清净之地，以和为贵，善为先，素来反对杀生屠戮。再者，自古以来，出家人从不过问政治。阿弥陀佛，善哉善哉！方丈双手合十道。

朱元璋恼羞成怒，忽地站起，厉声道：你就不怕得罪我吗？

那日不让将军入寺，就已经得罪将军了。方丈说，面色安定。

敬酒不吃吃罚酒，这怪不得我了，那就来个新账旧账一起算！朱元璋勃然变色，拂袖而去。

众僧侣听闻灾难将至，都劝说方丈依了朱元璋。

方丈不为所动，只说了句。切莫忘了咱出家人的身份。

翌日，朱元璋亲率大军，杀气腾腾地赶至大佛寺，驱逐僧众，夷平寺院，最后，恢宏的大佛寺陷于一片火海。方丈坚决不走，终葬身火海。方丈说是他引来的祸患，他唯有一死。

可怜大佛寺，遭此劫后，由盛而衰，一蹶不振。

望将军坐了天下后，要善待百姓，善待功臣哪。这是方丈死前跟朱元璋说的最后一句话。

——《金华文艺》2019 年第 3 期

◀ 贼 人

月黑风高夜，万籁俱寂时，楚州城某大户人家大院的围墙外。一个蒙面汉一个旱地拔葱，就蹿上了围墙，接着翻入院内；另一个东张西望着，负责放风。放风的脸上露出了一丝不易觉察的笑。

约莫过了半个时辰，墙内有包裹扔出，好家伙，沉沉的，收获不小啊。等下，我出来了。话音刚落，只见一人跳出围墙，顺势倒在地上。放风人冷笑道：莫怪我！随即抽出腰刀，对着那人狠命砍去。那人连声音都没发出一声，就瘫在地上，一动不动了。放风人背着那重重的包裹，得意地离开，并很快把刀扔在了一僻静处。

让放风人没想到的是，他刚才"砍死"的并非同伙，而是一个人形的包裹。原来那同伙钱山早有准备。天黑，加之砍人心切，放风人根本没看清。钱山有一神功，恰似梁山好汉神行太保戴宗，健步如飞，能夜行数百里。此时的钱山早回了百数十里之外高邮衙门的牢房之中。当然，是把首饰等轻巧赃物处理好之后。

怎么回事？这钱山怎么去了牢房？难道他去自首了？非也。说起这钱山，在高邮县还算是个名人哩。他是县城一大饭馆的老板，生意挺好，县内县外的大小官员经常在他饭馆用餐。白条自然不少，但钱山毫不计较。你懂的。但暗中，钱山也干偷盗的勾当，仅为数不多的同道中人晓得。这一票，也是二人事先约好而干的。

那钱山怎么会被关进牢房的？其实，这是钱山精心策划的一盘棋。

下午，钱山无故殴打一行人，还说打他是看得起他，乃是那人前世修来的福分。那人气不过，就将钱山告了。知县公务烦身，打算将此事留明儿再审，就将二人暂时收押。钱山暗暗叫好，这正是他要的结果。晚上，单独关押的钱山受贿看守的衙役，得以出狱。他撒谎说家里有紧急之事，耽误不得，信誓旦旦地答应会在天亮之前，悄悄返回牢房。钱山刚一出狱，就直奔楚州而去。于是，就有了本文开头的那一幕。

再说那放风人，背着那沉重的包裹，行走缓慢，等来到高邮县城，天已大亮，弃之又觉可惜，遂硬着头皮闯将进去。结果，因目标太过明显，被拦下查问。放风人大惊失色。这一惊，更令人起疑，就被细细盘查，这一盘查，就出了问题。

放风人很快供出了同伙钱山。

可是不对呀，钱山压根儿就没有作案的时间和地点。他不是昨天下午就被投入牢房了吗？而且整晚，自始至终都在牢房里待着，根本没出去过一步。这点，负责看守的衙役可以做证，钱山的家人可以做证，就是同牢的其他犯人也可做证。所以，就是回家都不可能，说他昨晚现身于百里之外的楚州城作案，更是无稽之谈！说他是同犯，无他，只有被诬陷这一种解释。

可怜那放风人，终以犯盗窃罪和诬陷罪，被处死。这对钱山而言，无疑是最好的结局。

至于钱山无故殴打行人一案，以钱山赔偿医药费了事。

钱山不缺钱，案件审判之前，他早托家人上下疏通了关系。

贼老板钱山，依然兼有白天老板晚上盗贼的双重身份，玩得不亦乐乎。

好在，这仅仅是一个历史故事。

但，这真的仅仅是历史故事吗？

◀ 拆　迁
....

你休想！我们坚决不搬！梳子老板方达很生气。

就是，我们都在这住了几十年了，住得好好的，凭啥要我们搬啊？方达的妻子接腔道。

申时行的管家恼了，我们老爷曾经做过朝廷大官的。

不就是个首辅吗？方达说得轻描淡写。就是当今首辅来，我们照样不搬！

还真是碰上钉子户了，申时行的管家无奈地摇了摇头。顿了下，说，我们老爷说了，除购房款外，再给搬迁费、赔偿金，如何？管家报了个数字，接着说，要知道，就是买下一大块黄金地段的地皮，再造一座新的厂房，还有家屋，也用不了这么多钱啊。你家的房屋可有些年头了。我看你们现在的生意也不怎么红火，说不定换个地界就能扭转呢。再说，咱们可是多年的老邻居了……

任凭申时行的管家磨破嘴皮说破天，方达一家就是不松口。

申时行当过明朝万历年间的大学士、内阁首辅，显赫一时，告老还乡回苏州老家定居。由于人丁兴旺，需扩建府第，而要扩建，买下邻居方达家的房屋是最方便最省钱的捷径——如此，无需另买地皮，再建新居。本以为出个高价，就可搞定，没想几次登门商谈，都碰了一鼻子灰。

归，管家余怒未息，建议主人借用当地官府之力，采取断水断粮断原料等手段，强迫方家搬迁。谅他方家不敢说半个不字。

依我在官场的人脉，这个方法倒是可行，申时行摇头道，但咱要以人为本，不逼人家，不搞强拆。

那咋办？家人都急了。难道任凭方家嚣张无礼若此？

我自有办法，不出三年，他就会主动来找我搬迁。你们尽管按我说的照办就是。申时行捻了捻有些花白的胡须，胸有成竹。

此后，梳子堆得申府满屋都是，什么木梳、玉梳、磁梳、羊角梳、牛角梳，种类繁多，花样百出，全出自方达家。申府一年到头迎来送往不断，就把这些梳子送给客人，还每每跟客人说起方家梳子的种种好处，不但外形美观，质地精良，对人的身体也大有裨益呢——常用方家的梳子梳头，能通经畅血，延年益寿。申时行为官多年，政务宽大，鲜有政敌，今虽已离休，但余威仍在。念及他的面子，加之这方家梳子的确是好，物美价廉，又有保健功效，得到过赠物的人们又争相前往方家购买。百姓也趋之若鹜。方家的梳子名声越来越大，生意越做越火，产品很快供不应求，非但垄断了本地市场（连当地和尚庙、尼姑寺都来进货，卖给前来进香的善男信女，捞取外快），还远销外地。

方家天天喜笑颜开，日日合不拢嘴。申时行呢，比方家还乐呵。

可很快，方家就乐不起来了，要扩大生产，把企业做大做强，原先的房屋实在是太小了。申时行呢，经常捻着有些花白的胡须，不时朝方家的方向看，愈发乐呵了。

一日，梳子老板方达主动敲响了申府的大门。

管家很是意外，申时行却笑而不语，很热情地接待了这位老邻居。

方老板是找我要购房款搬迁费赔偿金来的吧？未及方达开口，申时行话语先到。

方达先是一惊，但也只是流露了一瞬，马上镇定下来。方达说，申大人只说对了一半。

哦？愿闻其详。

我要搬迁没错，但我不是来要钱的。方达说。

那你要什么？申时行来了兴致。

我什么也不要，我是来送东西的。方达据实以告。

送东西？送啥？连申时行也有些迷惑了。

送我的房屋，两年前大人不是很想要吗？

申时行不置可否。

我要感谢申大人。方家生意能有今日，全仰仗申大人的提携和帮助。方家感激不尽，就送房屋以表谢意。方达说道，语气诚恳。

不过，申大人为达目的，可谓用心良苦啊。方达笑道。

申时行也笑了，原来你啥都明白。

开始不明白，后来明白了。方达哈哈大笑。

申时行也大笑，大家全笑了。

最终，拗不过申时行，方家接受了申家数量不多的钱款。

方家终于在一段风和日丽的日子里顺顺利利、快快乐乐地完成了搬迁。在新地，方家的梳子生意，比以前还火呢。

申时行也很快把方家的老屋修葺一新，申府得以增容扩建。

末了，申时行对家人说，拆迁这事要搞，但拆迁得两厢情愿，急不得，逼不得，还得给对方留后路。不搞强拆，要想拆啊！

高，实在是高。时人每每说起此事，都忍不住对申时行赞不绝口。

只是不知今人谈起此事，会不会也对申时行跷大拇指呢。

◀ 手 段

天高皇帝远。大明成化皇帝朱见深自然也懂这个道理，虽先前已有御史派往各地，监察地方官，但仍不放心。皇帝最可信任的人就是身边的家奴太监。于是，钱能就成了朱见深的云南镇守太监，专门替他督察云南大小各级官员。

云南不太富裕，偏偏这钱能极爱财。钱能这点爱好，各级官员早打听清楚了，熟谙官场潜规则的他们纷纷前来拜见钱能，唯恐落在人后。自然不会空手而来，钱能一一笑纳。但钱能还不满足。钱能是个敛财专家，他有的是办法，很能来钱，看他这名字取的。

他"看上"了当地的那些财主。

首先遭难的是张员外。听说张员外最近身有小恙，但钱能不直接找张员外，而是派人把张员外的大儿子请到府第，和颜悦色地问起了张员外的健康。

张员外的大儿子很意外，很感激。这位皇帝身边的红人初来乍到，就这么关心家父的身体了。真是好官哪，百姓有福了。

多谢大人关心，家父的病不算严重，很快就能痊愈。

没想钱能忽然勃然变色道：大胆，你竟敢说不严重？那烂疮可是会传染的，传给百姓造成恐慌姑且不说，要是传染到军队里，那可如何得了！你们负得起责吗？

这变化实在太快，张员外的大儿子吓得跪倒在地，冷汗涔涔，身子如筛糠般

抖个不停。我看把你父亲沉入滇池得了。钱能吓唬道。

此事，最终以张员外掏出一大笔钱了结。

接着，城里那个靠多年倒卖槟榔的王商人也被请到了钱府。王商人生意做得很大，人称槟榔王。

你是百姓一个吧？钱能坐在红木椅上，跷着二郎腿，斜着眼问道。

我是。王商人不知这钱能葫芦里卖的什么药，诚惶诚恐，只能如实回答。

我看不是吧？你不是号称什么王么？钱能一副阴阳怪气的语调。

哦，这个啊，容我向大人解释。王商人道。我家世代都是做槟榔生意的，承蒙大家错爱，生意尚可，加之我姓王，大家就叫我槟榔王了。

肯定是钱大人误会了。王商人心想，话说完，他觉得内心宽松了许多。

啪的一声，很重，是钱能令奴仆狠拍桌面的声音。他不自己拍，怕疼。

大胆刁民，分明是僭越称王，还敢狡辩！我看你是活腻歪了！钱能大发雷霆。

王商人吓得面如土色，瘫软在地。

当晚，王商人就主动去了一趟钱府。白天，钱能训斥他"凭腰包里有几个臭钱，就不知天高地厚了"时，他就知道自己该怎么做了。不日，槟榔王悄悄离开了云南。

凡此桩桩件件，不可胜数。若要人不知，除非己莫为。钱能的所作所为，渐渐传遍坊间。百姓自是敢怒不敢言。早先巡按云南的御史郭瑞已被钱能买通。原本该是互相监督的二人，竟相互包庇。郭瑞上奏说钱能为公事日夜操劳，积劳成疾，苍天可见。朱见深将信将疑。

但也有正直的官员，主动请缨，欲往云南，一探究竟。

右都御史王恕就是。

朱见深很想知道云南的真实情况，就允了。

王恕很快就查清了钱能的种种劣迹和罪行，并打算尽快拟份奏折，向皇帝详报一切。

钱能有些着急了，万一皇帝真不高兴了，自己的好日子可能就到头了。钱能就使钱，王恕不受。钱能又威胁王恕，软硬兼施。王恕不惧，不理。

一番苦思冥想后，钱能有了招儿了。

忽然，到处有小孩在传唱歌谣，一遍又一遍，一日复一日，很快传遍城里的大街小巷，乃至乡郊荒野。

歌谣唱道：

天下官吏无数，唯有王恕独树。大明百姓拥护，唯独一个王恕。王恕王恕，万岁万岁！

如此歌谣，要是传至京城，那可是要掉脑袋的！

王恕吓得三魂出窍，只好屈服。在呈给皇帝的奏折里，王恕违心地对钱能大加赞赏。钱能因镇守云南"功绩卓著"，升迁做了南京守备，愈发显赫。

王恕当然知道，那些少不更事的孩子们，是被钱能收买的。

◀ 谋　面

大人，如此，怕是要对您不利吧？县丞蹙着眉头，不无担忧地说道。

有来客路过，江陵县令范理设宴接风，以尽地主之谊。菜肴仅一荤两素一汤，稀松，酒为地方酒，平常。来客似乎有些不悦，宴席上少有言语，早早就散了席。

平时还没这荤菜呢，什么利与不利，随他去吧。范理一甩袖袍，忙公务去了。

来客乃当今内阁首辅杨溥的三公子杨旦，此次从湖北老家前往京城看望父亲，一路被地方官员好生款待，宾主尽欢。

范理是唯一的例外。

唉，怕是大家都要倒霉了！县丞重重地叹了口气。

数月后，诏令至，擢范理为德安府知府。这可是连升数级！没有一个不吃惊的。盛传与首辅杨溥力荐有关——可两人素昧平生啊。

老爷，恕我多嘴，我觉得您应该给杨大人写封亲笔信，以表谢意才是。随从阿东言语诚恳。阿东是范理家乡浙江天台人，自范理踏入仕途起，便一直跟随左右，须臾不曾离开。

范理不置可否，却终究未有行动。

夜深人静时，范理面朝京城方向，行了揖手礼。

德安府官场人脉交错，鱼龙混杂。数百家农民的田地被无端侵占，多次告而不得，历任知府不敢审理，因侵占者乃楚王的护卫们。属下或建议范理睁眼闭眼，或主张动用首辅之关系，范理或严厉斥责或不予采纳，直接上奏圣上，痛陈利害，言辞犀利，终为百姓拿回田地。百姓交口称赞。

后，范理升任南京工部侍郎，负责修缮南京城。

老爷，恕我直言，您应该亲自去京城拜见杨大人，再不可推托了。阿东言语恳切。

为何？范理问道。

老爷难道不知外面都怎么说您吗？

知道啊，说我范某人不懂礼数，不知感恩，是冷血动物，是白眼狼。范理微笑道。

亏老爷还笑得出来。阿东有些生气了。

难道要我哭啊。范理仍笑着。

我怕老爷遭人口舌啊。阿东言语中透着焦虑。

范理忽然正色道，为官者，当有所为，有所不为。亦当有所谓，有无所谓。我姓范名理，凡事讲理，凡百姓事我就要理，且要理好。

时官府财政急困，修缮南京城的资金缺口不小，范理不向百姓和乡绅征税、集资，而是卖掉库存的新苇、布料和旧木材，得白银万两，悉数用于南京城的修缮。城市面貌为之一新。

因交通不便，原先运往南京的粮食全由民力承担，劳民伤财，范理改由兵士运输，既减轻百姓的劳役负担，还节省了大量费用，他又将这些费用专做备荒赈济之用。一时百姓称颂，朝廷称善。

范理又至吏部任职，任左侍郎，专门负责官员的考核与黜迁。趋炎附势者众，一时门庭若市。范理有约在先：凡公事，一律约在府衙，公开面谈，绝不私下议事；有私事，即便在家见面，绝不私下解决。很快，范府门可罗雀。范理采用考课公明制度，实行量化考核，官员的所作所为，功过是非，一目了然。朝野皆称其公允，连被贬官者也绝少有怨恨和不满的。

那夜，灯火阑珊，范理立于城墙，面向北方，表情肃穆，久久无语。一旁的阿东嘴唇翕动，几次欲言又止。他内心那个声音一直就没消停过，此刻翻窜至喉咙口了：滴水之恩，当涌泉相报啊。

范理似乎看穿了阿东的内心，转头对着阿东说道，报恩的方式有很多种。你曾说过怕我遭人口舌，我何尝不担心杨大人因我而遭人口舌、被人非议啊。好了，别多想了，我范理此生定会与杨大人谋上一面的。

忽闻杨溥病逝，范理大恸，即刻动身前往京城。寻得杨府，表明身份，说明来意，终获应允入内。

杨旦亲自将范理引向灵堂。杨旦说，先父知你会来，你终于来了。

只这一句，范理眼前已模糊一片。

范理一身孝服，踉踉跄跄迈入灵堂，百感交集，伏地大哭。杨大人，下官范理来了，范理没有辱没大人啊！

此后，范理将杨溥大幅画像高挂于府衙和寓所，二人得以日日谋面。每行事前，范理必整衣正冠，恭敬立于画像前，凝视良久，思量再三。

范理为官四十余年，史载其"居官清慎忠勤……家无半椽寸土之增，服食粗粝如贫士。"当地百姓念其恩，为其立去思碑。

第七辑

大清烟云

　　大清王朝，乱象丛生，官场舞弊，社会混乱。盗官使钱，窥豹一斑。人生无常，命运多舛。历史终会记载，曾有汤斌好官。

◀ 宠 爱

高士奇出身卑微，也未考取功名，却深得康熙宠爱。

当初，高士奇只身闯荡京城，凭借一手好字，倒也谋得了一份差使，在朝廷宠臣明珠一门卫家当家庭教师。明珠正为誊写手中几份重要信件而发愁呢。高士奇就被推荐了，因解了明珠的燃眉之急，明珠甚为高兴，又将他上荐给了康熙。南书房正急需各类人才。活该高士奇发迹。

高士奇一生勤奋好学，博览群书，能诗文，擅书法，精考证，善鉴赏。用现在的话说，是书法家，是画家，是鉴赏家，是收藏家，还是作家。如此博学多才之人，当世罕见哪。

比如作为画家，他尤善山水画，笔墨俊雅，精品佳作不少。作为书画鉴赏家，经他鉴定的书画作品，是佳构，还为庸作，他法眼一过，金口一出，便没人会怀疑。是庸作，就贱卖，或舍弃。是佳品，则身价倍增，人人争抢。高士奇顺便还成了收藏家。家藏数量众多，好货不少哩。

高士奇有个怪行为。上朝前，将口袋装满金豆子，送给康熙身边的贴身小太监。当然也不白给，高士奇要换得问题的精细答案，譬如皇帝近日和谁接触啊，看什么书啊，吃什么饭菜啊……如是，遂将皇帝的日常起居等各项信息了如指掌。不管康熙问啥生僻学问，他都能对答如流。康熙是个爱稀奇的皇帝，对高士奇越发喜欢，说"得士奇，始知学问门径……士奇无战阵功，而朕待之厚，以其裨朕学问者大也"。时时将高士奇带在身边，须臾不离。

某年，康熙南巡杭州林隐寺，兴致盎然。住持遂跪请康熙给灵隐寺题写一块匾额。康熙向来喜欢舞文弄墨，欣然应允，龙手一挥，却不慎将繁体"靈"字上部的"雨"字写得过大，中间并排的三个"口"和下部的"巫"，就无从下笔了。高士奇见状，暗暗地在手掌上写了"雲林"二字，然后假装上去磨墨，悄然摊开手掌，露给康熙看。康熙心领神会，将错就错，写下了"雲林"二字。自此，灵隐寺又称"雲林寺"。康熙龙颜大悦，事后重赏了高士奇。

还有一次，康熙登临泰山，与大学士明珠和高士奇一起站在一座偏殿的中央，康熙一时来了兴致，就笑着问身边这两个亲信大臣："今儿咱们像什么？"明珠回答说："三官菩萨。"高士奇马上跪在康熙面前，高声回奏说："高明配天！"康熙笑着点头，看着高士奇，满脸欢喜。原来，《中庸》有语曰"博厚配地"和"悠久无疆"，意思是：博大而深厚，可以与承载万物的大地相匹配；高大而光明，可以与覆盖万物的天空相匹配；悠长而久远，可以与生成万物的天地一样无边无际。恰好高士奇和明珠的名字分别有"高"和"明"两字，皇帝又称"天子"，高士奇这么一比，一语双关，含义深远，妙不可言。难怪康熙乐开了怀。

高士奇就是皇帝的开心果啊。各级官员都向高士奇行贿来了，以便能从高士奇那里学到讨得皇帝开心的锦囊妙计，连明珠也在其中。也是哦，他在泰山出过大囧的哩。"以是声势赫奕，忌者亦益多"，就有人告发高士奇，说他明目张胆地受贿，敛财无数。初，康熙当作没听到，不闻不问，然告发者越来越多，康熙只得问话于他，"对簿"公堂。高士奇问告发者：可有我受贿之证据？对方说：当然有。行贿者来时，你都是穿着裘皮大衣，戴着厚棉帽子，围着火炉吃西瓜。高士奇再问：那是什么时候？对方答曰：夏天。高士奇哈哈大笑道：炎炎夏日，我穿着冬装，围着火炉吃西瓜？你当京城是新疆吐鲁番啊。众臣听闻，皆笑。康熙也笑。告发者一时语塞，很是尴尬。

此后，康熙向多人探问究竟。果真如此。这个高士奇啊，还真有意思。康熙心说。但受贿总归不好，康熙也会责怪高士奇。高士奇说：这都是因为陛下啊。康熙心生不快：你倒是给朕说清楚，你受贿还关朕事了？高士奇跪拜，不慌不忙地回应道：因为陛下宠爱微臣，大家就馈赠我一些东西，让我一家子丰衣足食，这都是因为陛下的面子，这也是陛下的恩德啊。这会让陛下的隆恩大德流传天下的呀。康熙听了，满心欢喜，上前将高士奇扶起。

不过，最终还是因左都御史郭琇的弹劾（说高士奇欺君灭法，背公行私，谄附大臣，揽事招权，条条有真凭实据），康熙二十八年，高士奇被"休致回籍"。康熙对赋闲在家的高士奇念念不忘，多次赐御扇、御制诗和御联，不吝赞赏之词。

康熙三十三年，清廷设馆纂修《明史》，编纂《古今图书集成》《康熙字典》等。高士奇奉召二度进京，官复原职，仍入住大内。越一年，康熙御驾亲征噶尔丹，高士奇随驾。此后，高士奇多次奉命接驾南巡的康熙，君臣之亲可见一斑。康熙四十二年，高士奇在籍病故，第二年正月，朝廷祭奠高士奇，康熙亲制悼词，并御书悼联："勉学承先志，存诚报国思。"并赐谥号文恪。

◀ 盗　官

（一）陈火

我得去看看郭天，这小子有些不像话了。当了太守，就威风得不行了？去看望的亲人就不让回来了？你就是养得起，也得放回来不是？难道当了太守就忘了乡里的人情了？这不符合我妹夫的性格啊？带着家人的期望，带着满腹的疑虑，我前往池州，一探究竟。我叫陈火，是郭天郭太守的大舅子。

刚过池州地界，恰遇郭太守的队伍经过，百姓纷纷自觉地跪立两旁，嘴里喊着赞颂太守的话。还挺得民心哪。我一阵高兴，正欲上前，见最前面的太守轿子忽地掀开了帘子，太守伸出头来观望。定睛一看，我懵了，那不是我妹夫呀？紧跟着的轿子也掀起了帘子，里面的女子伸出了头来，美丽的脸庞下，却掩饰不住内心的愁绪。这就是我妹妹啊。问百姓，最前面的确是郭太守！我晕了。我晕了，却没犯浑，我猜其中必有隐情，就没闹场。当时，妹妹没看见我。

我抬头望天，大清国康熙四年的池州的上空，阴云密布。

郭家出了个太守，光耀门楣，两年里，就有不少亲戚朋友前往探视，却不知何故，一个个有去无回。

翌日，我装扮成送水工进了太守府。费了些周折，我终于见到了妹妹。妹妹吃惊不已，极力忍住眼眶里将流未流的眼泪。我知道，除了激动，妹妹内心更大的那是悲痛。因为府中，假太守的耳目众多，我俩不便细聊，妹妹入室，疾书书信一封，内述详情，交予我。

出的府来，我急看书信，虽然心已有所准备，但看了，仍令我大为惊骇。我即刻启程，前往省城告发。

（二）盗首

今天，府里来了位不速之客，一位送水工。我当即命手下暗中严密监视，看此人，到底来做甚。

手下很快来报，说夫人交给了那人一封书信，问我要不要截下。我摇头，先不急，不要打草惊蛇，再看看他想做什么。手下领命而去。

两年前，我带着手下干票，却无意中劫杀了前往池州赴任的郭太守。当然，这是我们在翻检物什时才发现的。开始，我们害怕极了，劫杀朝廷命官，这可是死罪。静下心来后，我决定一不做二不休，咱也做回官，这真是天赐良机。遂冒名顶替，怀揣文书、印信等，押着郭夫人，前往池州赴任去了。巧的是，这太守也姓郭，那我就更像郭太守了。

戏已开场，就得一直往下演，不能露馅，否则前功尽弃。所以，二年来前来探视郭太守的人，都被我强行扣下了。我一个没杀，毕竟都是一条条人命，谁家里没亲人哪。算是赎罪吧。当年劫杀郭太守时，独独留下了郭夫人，为的就是对付他们将来会来的亲友，否则，疑虑会更大。郭夫人自然是被整日整夜监视着的。怕她逃呗。

不出所料，陈火被带至我面前。

你这个强盗，杀人越货，还冒名为官，遭天杀的！陈火一见我，就破口大骂。

我一点也不生气，换成谁，都会这样骂。

既然你啥都知道了，那就可省却不少周折。我拿过那信，放入我袖口。我不打算烧了它，这封信，还有用处。

郭夫人也被带来，见哥哥被抓回，郭夫人很是吃惊。然后，也是对我破口大骂，只是，更绝望。

我们仨谈谈吧，好好谈谈。我平静地说道，语气温软。

（三）郭夫人

没想到，真没想到，这个假太守真强盗，竟会和我、我哥哥谈判，还谈成了这样的结果。

说实话，这个盗首，心眼不是太坏。二年来，除了不给我自由，一点没亏待我，也没碰过我的身子。说来令人难以置信，这个真强盗假太守，居然把池州治理得井井有条，府库充足，安居乐业，深得上峰信任，也赢得了百姓的爱戴。

他也能和我推心置腹地谈心。

他说本想借官职之便，尝尝做贪官的滋味，强取豪夺，总之，凑足十年强盗生涯所需的钱粮，就全身而退，重回山林，过那逍遥快活的日子。没想到，自己根本不会做贪官，两年下来，反而惩处了不少贪官污吏，倒是让国家和百姓富足了不少，离自己当初的计划却越来越远。其实，他家境贫寒，少时，父母也希望他能好好读书，走科举，考功名。却屡屡受挫，家人也被官府逼迫而死，走投无路，就拉了一帮穷苦人，啸聚山林，做了强盗。

今天的谈判结果，委实让我和哥哥意外。他说等他惩处了池州最后的这位贪官后，便去官府自首。你那信，正用得着。官府一看，就全明白了。他还说，这池州太守的位子，本来就是你们郭家的，他当奉还，交代时，他会力陈陈火的功劳，让朝廷破个例，让陈火接任池州太守。

（四）巡抚

此事真令我目瞪口呆，本抚辖内治理得最好的池州的太守竟然是位冒名的强盗！更没想到，此盗首会主动自首，还要我保举陈火为池州太守。还真挺仗义哪。

只是，你毕竟是个强盗，混迹官场太短，稚嫩得很。我怎能承认你是个强盗，我又怎能让知晓此事的人活着？对不起了，郭"太守"，郭夫人，陈火，还有在太守府当差的所有人，你们就在阴间相聚吧。莫怪我！我会给你们备上丰厚的随葬品的。

◀ 恩　仇

平定准噶尔叛乱后，论功行赏。将领们都一口咬定叛军悍将巴雅尔是自己擒获的，谁都不退让。没办法，只好让巴雅尔自己来辨认。巴雅尔一眼就认出，是海兰察擒的自己。众将仍不服，尤以偏将杨俊为最，杨俊当下叫嚣道：无凭无据，就凭你一张嘴，如何叫人信服？巴雅尔急了，对海兰察说：将军，你倒是拿出那证据啊。那证据是巴雅尔衣襟的一角。几日前，二人在树林里不期而遇，大战了数十回合，巴雅尔体力不支，渐落下风，为保全性命，下马受降，并割下一角衣襟以为凭证。没想到，现在有了另外用途。事已至此，海兰察只好拿出那截衣襟，两厢一对接，严丝合缝。众将红了脸，哑口无言。

由此，杨俊与海兰察结下了梁子。

人都有马前失蹄的时候，海兰察也倒过霉。在后来的大小和卓木平叛战役中，他有次孤军深入，不幸遭遇伏击，兵败。忌恨海兰察的文臣武将趁机诬奏他叛国通敌。这还了得，乾隆龙颜大怒，不容分辨，也未加详查，即将海兰察押入大牢。

真是冤家路窄，看守监狱的正是杨俊。杨俊不久前，换了岗位。

天赐良机，杨俊岂肯放过，遂变着法儿百般刁难。饭量不给足，菜仅有素，还常带有馊味，病了，也不上报不医治，还不时加以辱骂，施以体罚。几个月下来，生生把个彪形大汉折磨得瘦弱不堪。杨俊甚是得意。海兰察恨之入骨，却又奈何不得。海兰察暗下决心：有朝一日，走出牢狱，定当手刃此贼，报仇雪恨！

此时，边患再起，四川大小金川叛乱。危难之际，人才难得，海兰察再次被委以重任。杨俊主动请缨，愿奔赴沙场，为国效力，没想却成了海兰察的手下。杨俊多次申请调离，海兰察竭力阻挠，上峰也不予批准，说是圣上的旨意。杨俊暗暗叫苦，早知今日，当年悔不该在狱中刁难于他。如今时过境迁，说不定哪天就被他随便扣上什么罪名，稀里糊涂地就死了。杨俊追悔莫及，整日提心吊胆。

真是怕啥来啥。那一日，开完作战会议后，海兰察单独留下了杨俊。深感自己大祸临头，杨俊怕极了，竟至于站立不稳。海兰察站在杨俊面前，板着面孔，瞪着眼睛，冷笑道：当年在狱中，承蒙你多方照顾，不胜感激啊。真是哪壶不开提哪壶，杨俊霎时面如土色，手脚冰凉。杨俊低垂着头，好半天，才挤出了一句话：听……听凭将军发落。

好，这可是你说的。海兰察大声道。你我的恩怨早该了了，就今日吧。话音未落，海兰察当胸给了杨俊重重一拳，杨俊毫无防备，趔趄地退了好几步。没想海兰察还不过瘾，又狠狠地飞踹了一脚，杨俊哪里还支撑得住，重重地跌倒在地。

真是痛快，哈哈哈……海兰察大笑道：如此，你我的恩怨可消了否？

杨俊抬头，但见海兰察眼眸深邃，表情平静，不如刚才可怕了。但杨俊仍不明就里，杨俊只好说：但凭将军发落！

哈哈哈……海兰察又笑，你挨了揍，我报了仇，你我先前的恩怨，就此两清，一笔勾销。起来吧！

海兰察上前扶起杨俊，还替他拍去身上的灰尘。

杨俊简直不敢相信，如在梦里。他原以为今天会是自己的忌日，死了，也只能怪自己当年鼠肚鸡肠，所作所为，全没有男人的样儿。

杨俊扑通一声，跪伏于地，感激涕零道：多谢将军不杀之恩。此生愿追随将军，赴汤蹈火，在所不辞！

海兰察再次上前，小心地扶起杨俊，关切地问杨俊哪儿疼了。

不疼，哪儿都不疼！杨俊大声回道，却龇牙咧嘴着。

还嘴硬。海兰察笑道。随后，两双大手紧紧地握在了一起。

乾隆闻听此事后，心说，海兰察公私分明，真大肚量也，未辜负朕的一片苦心哪。

杨俊没有食言，一路追随海兰察，在挫败尼泊尔侵藏等诸多战事中，骁勇善战，屡立战功，一时威名远扬，四方称颂。

◀ 记　账

　　鉴于江苏百姓赋役负担过重且粮食歉收，汤斌奏请朝廷减免，康熙准奏。世道既已承平，自当与民休养生息，藏富于民。对于迎送之事，汤斌令一律"一荤一素"侍候，违者一经查实，绝不姑息。百姓称汤斌为"三汤巡抚"，意谓汤斌做人如黄连汤自苦、为官如豆腐汤清楚、入世如人参汤大补。汤斌不仅自己清苦，家人亦随其苦，每天的下饭菜，就是一碟青菜和一块豆腐。其妻马夫人冬天所穿棉袄破旧不堪，一转身竟有棉絮自袄边散落。有次，查得食账上记有买鸡一只，汤斌问明是其子（已三十四岁）所为后，很是生气，"哪有读书人不能咬得菜根而可以成大事的"，即令其子跪诵《朱子家训》。后来，汤斌干脆把儿子撵回老家河南睢州去了。

　　桃李不言，下自成蹊。一时，官场风气清扬，民风淳朴，百姓称快。

　　汤斌赴任江苏巡抚时，布衣牛车，仅有一名老仆相随。携带的全部用品就是两副破旧被褥，一只竹书箱。途中，遇见一位知县，那知县鲜衣怒马，仆从如云。知县的家奴见前面牛车挡道，遂上前呵斥，要汤斌主仆避让。汤斌是从二品的巡抚、封疆大吏，对方仅为七品芝麻官，汤斌却避让一边，让对方先走了。连老仆都看不过去，汤斌一笑了之：他不识得我，不怪。但他这副德行，记在我心账上了。还真是巧，住店时，二人再次相遇，知县竟得寸进尺，逼汤斌将上房让给他，汤斌依然宽忍让之，但内心又给他记了一账。很快，二人第三次见面，这是在巡抚衙门。此时，知县才知这老头竟是巡抚大人、自己的顶头上司，大惊失色。汤斌一笑置之，说：先前我已给你记账两次，只望今后，你能为官一任，造福一方。否则老账新账一起算！言语平静，却不怒自威。知县无地自容，果然在任内勤勉政事，很有作为，百姓称善。

新老官吏去走之事，常见。都是朝廷命官，你哪怕就是地方督抚大员，也不好阻止。可汤巡抚就阻止过一次。

话说有个叫范晓杰的，十年寒窗苦，终功成名就，趾高气扬地前来常熟任职知县。按当时官场惯例，得先呈递帖子，求见巡抚。这也就是走走形式，按常理，很快就能见到。没想到，范知县"谒十日，不得见"。还真是邪门了，范知县想破脑壳，也不知问题出在哪儿。第十一日，总算有了结果。汤巡抚传话过来，说范晓杰已被弹劾，不必赴任了。这范知县更是如堕五里雾中，定要巡抚大人说个明白。谜底很快揭晓。

那年的京城，延寿寺街廉记书铺。有人买书时，不小心失落一文铜钱。旁边一个秀才急用脚踩住，待买书人走后，秀才将铜钱拾起，坦然地放进自己的腰包。此举全被也来此书铺看书的汤斌看在眼里。汤斌站起来，问了秀才的名字，走了。

经提醒，范晓杰记起了此事，但仅凭这无足挂齿的区区小事，就弹劾我，还不让我赴任，也太小题大做了吧？

非也！传话人道，汤大人知道你会这么说，他叫我这么回答。你做秀才时，尚且贪图一文不义之财，且不避旁人，泰然自若，如今你侥幸当了父母官，岂不要绞尽脑汁敲诈百姓骨髓吗？如你再侥幸升了官，你不就成了头戴乌纱帽的合法强盗了吗？后果不堪设想哪。你说这是小题大做吗？

范晓杰仍不服，我还听说过汤大人二让无礼知县之事，同为即将上任的知县，为何我和他境遇如此不同？

傲慢无礼和贪钱图财，孰轻孰重，改之，孰难孰易，难道你掂量不清吗？说话的样子，活脱脱另一个汤斌。

范晓杰面红耳赤，终未赴任。

汤斌在巡抚任上曾劾辞知府二人、知县六人。

两年后，汤斌离开江苏，远赴京城任职。携带的除了衣物外，只有八箱苏州官书局刻印的《二十一史》（苏地书价便宜）。汤斌离开江苏时，"吴民泣留不得，罢市三日，遮道焚香送之"。汤斌走后不久，士绅们即开始捐资为其修建生祠。

原来，百姓也会记账。

补记：汤斌去世时，任职工部尚书，年61岁，衣衫褴褛，卧于破旧木板之上，家中仅有八两俸银。幸得好友徐乾学资助白银二十两，方才成殓。

◀ 噱　头

　　《儒林外史》里说，南京有个书法名家季大年……

　　季大年的书法洛阳纸贵，要买得事先预约，否则等你个一年半载，都难说。

　　"瞧他那字，无师承，无流派，胡写而已，毫无个性。"同行们却嗤之以鼻，很不买账。

　　"干吗非要临摹古帖呢，我就是随着性子写，说我无师承无流派不假，但说无个性，大谬也，你们说的胡写，这就是我的个性，我的字自成一派，季大年之季派。"季大年如是说。有人说季大年厚颜无耻，他说不屑与之争，再无二话。

　　人们可不管他们的争论，依旧争相购买季大年的作品。同行们百思不解，只能干瞪眼，真是羡慕嫉妒恨哪。

　　季大年写字极慢，极慢是因为讲究。

　　要写字了，他三天前就开始做准备。斋戒一日，磨墨一日，亲自磨，磨得极慢，量极多，哪怕只是 14 字的一副对联，至少也得用墨半碗。第三日，才打算动笔写字。这还不一定，他用笔也有讲究。得用别人用坏了的弃笔，你要是带来新笔给他，他坚决不用，你还得陪上一顿臭骂。找到那种弃笔了，你所要的字才算真有眉目了。对纸和砚，季大年却颇为重视，纸要宣纸，砚要歙砚。笔要最差的，纸、砚却要最好的，真是与众不同。写字时，他还有讲究。必须由三四人小心翼翼地拂着纸，一旦纸给弄皱了，他就开骂，还打人。生气了，就不写了，拖着。啥时，他怒气全消了，心情舒畅了，你再登门求字。

他若不情愿时，任你是朝廷大员地方诸侯，大捧的银子送来，他也不拿正眼瞧。你若跟他急，对不起，你怕是这辈子都得不到他的墨宝了。王侯将相，如此碰壁的不少，最后好像也都拿他没办法。倒也怪了，若普通百姓求字，他有求必应，但你得有耐心，你不能破了他的那些讲究。

季大年长啥样？不好说，说不清楚嘛。他蓬首垢面，一年到头，几乎不梳头不洗澡不换衣，就穿一件烂直裰，着一双破蒲鞋，整个一副邋遢样，看不清他的本来面目——所以说他长啥样说不清楚嘛。哪里能找到他？除了他栖居的南京天界寺外，就是乞丐堆里。他常把自得的那些笔资撒给乞丐们。太多了，我哪用得完，留着，是累赘，麻烦。季大年说。

有多年老友，实在对他的不修边幅看不过去，劝他：老季啊，你又不差钱，多买衣买鞋，打扮打扮啊。季大年总不听。你不听，那我花钱买给你吧。那朋友好心，自掏腰包，给他买了一双时髦鞋子，并亲自送到寺里，季大年勃然大怒，把老友打将出来，一路破口大骂,喋喋不休:我闲钱有的是,你以为我稀罕你买的鞋啊,你这是害我啊!……两人从此绝交。

某年某日,初来乍到的南京年知府仰慕季大年,派一下人前来天界寺,向季大年讨字。二人刚好在门里遇上了,那下人不认得季大年,问清面前人就是这寺里的,就不打算进去找季本人了,要面前人传话给季大年,叫季大年明日9时去知府家写字。季大年答应了。

翌日9时,季大年如约按时来到知府家。他不修边幅,知府府第气派豪奢,反差极大。那下人一看此人竟是昨日那"面前人",很是惊诧:"你是那季大年?太瘆人了!"嘴里啧啧不已,禀报时,这厮脚往前走,头却一直往后扭——瞧季大年的稀奇呗。

年知府出来了,一看季大年,嘴张得大大的,连招呼都忘了。想必,年知府给惊着了。季大年毫不在意,他的嘴也张开了,说准确点,他是张嘴骂开了:你是何等之人,竟敢派个不懂礼数的下人来唤我写字。老子啥没有啊,老子不贪你的钱,不慕你的权,也不想借你的光,你竟敢派个下人来唤我为你写字,你个龟孙子!……季大年骂得痛快,骂得酣畅,然后,昂首挺胸地阔步出门。

年知府被骂得莫名其妙,季大年都走出老远了,他还没回过神来哩。

但这年知府不是善茬,半月后,南京再也寻不见季大年了。有人亲眼所见,季大年是自己离开的。

据说,年知府有日亲自去了一趟天界寺,几分钟后,年知府就离开了。

二人说了什么？据天界寺的人说，年知府只说了一句话。

扯去那些穷讲究，空噱头，你姓季的字狗屁不是。要你身败名裂，小菜一碟！年知府说。

◀ 奇　梦

柳家公子柳敬亭高中状元了！

殿试结果传至扬州，柳家上下欢欣鼓舞，张灯结彩。老爷柳若谦更是喜不自胜："皇天有眼啊，祖上积德，荫及子孙啦。"邻人亲友纷纷前来道贺，柳家一时门庭若市。

柳家，在扬州当地是大户人家，有良田上百顷，家资殷实。老爷柳若谦平素乐善好施，口碑极好。

某年，一寒儒病逝，家徒四壁，无处安葬。正无措时，有人劝其家人，不若葬于柳家地旁，刘老爷当不会怪罪。果真，柳若谦知晓后，非但未加责怪，反而拿出银两，予以安抚。寒儒一家感激涕零，道："柳老爷乃吾家大恩人也，他日若有机会，定当厚报！"柳老爷自是丝毫未放在心上，每到春耕秋收等农忙时节，柳老爷照例前去察看地形，吩咐犁耕者小心耕作，切莫碰了那坟地，搅扰逝者的清净。

再说那柳敬亭。

柳公子自幼饱读诗书，才高八斗，一门心思扑在科举上，梦想着有朝一日能考取功名，光耀门庭。那年，柳敬亭赴京赶考，踌躇满志，自以为金榜题名不在话下，运气好的话，就是名列一甲进士也很有可能。答题时，一路流畅，却被最后一道题给难住了。此题是一道对联题，给出的上联是：炭黑火红灰似雪。后来知道，此联是翰林院的老学究偶得的妙联，一时无对，就把它作为此次科考的压轴题。想必大清众多的莘莘学子中，总该有能对出下联的。这题也成了最后排定名次的试金石。

柳敬亭急得抓耳挠腮，可越急心越乱，那题就越发解答不出了。柳敬亭郁闷之至，却无可奈何。忽地一阵倦意袭来，柳敬亭竟趴在桌子上睡去了。梦中，有人拍了他的肩膀，柳敬亭醒了，见身旁立着一位中年儒士。却不认得是谁。正迷惑间，儒士拿起柳敬亭的答卷看，一眼即看出了问题所在。中年儒士微笑道："柳公子怕是被最后这副对联给难住了吧？"柳敬亭点头，问道："先生能对出下联？"儒士不置可否，只管提示："我知柳公子家中田地无数，敢问秋种何物？此物可作何食？"柳敬亭不愧是聪明人，一点即通。柳敬亭兴奋至极，当下就写出了下联：麦黄麸赤面如霜。对仗工整，天衣无缝。柳敬亭自然很是感激，遂问那人姓名，那人答曰：浪依离。这世上还有姓浪的人？柳敬亭心有疑问，梦却醒了。

醒来后的柳敬亭见自己正身处考场，低头看那对联，奇了，梦中对出的那下联已赫然写在卷子上了。真是个奇怪的梦，真是个奇怪的人。

最终，因考生中仅有柳敬亭对出了这绝妙的下联，皇帝大喜，钦点柳敬亭为状元郎。

听了儿子详说那梦境后，柳若谦也觉得奇怪。但不管怎么说，冥冥中有神人相助，柳家今后更当多多行善，救济苍生。这么一想，柳若谦就又往自家田地去了。柳敬亭一路跟随着。

其时，正是秋耕秋种时节。

抬眼一望，见犁者快要挨着地旁那寒儒之墓了，柳若谦急得大喊道："小心，莫挨着了！"犁者停了手，问柳若谦："老爷，那该让多少？"柳若谦脱口而出："跟往年一样，让一犁。"

一旁的柳敬亭听得真切，"让一犁"，不就是梦中那中年儒士"浪依离"吗？！

"如此说来，梦中助你的那位中年儒士，正是此墓之主人啊。"听了柳敬亭对"浪依离"的容貌描述后，柳若谦瞪大了眼睛，遂又感叹道："你才是我柳家的大恩人哪。"说完，拉着柳敬亭，对着那坟墓，躬身拜了三拜。

此后，每年清明这天，柳家全家出动，备足香烛酒食，还有纸马纸屋，由柳若谦带头，焚香叩拜，人人恭敬虔诚，场面极为隆重。再看那坟墓，早修葺一新，并有一墓碑立于墓前，上书"恩公浪依离之墓"。周围的耕地，则"退避三舍"，给墓地留了很大的空间。

这事，柳家一代代地传了下去。当然，柳家传承的还有做善事，且越做越大。

梦中神助得状元的故事传遍四方，扬州一带的善人善事，越来越多地涌现。